後宮の花シリーズⅧ

後宮の花は偽りでいざなう

天城智尋

JN054420

双葉文庫

目次

郭叡明「かくえいめい」
本物の皇帝。右目を失い、翔央との入れ替わりが常態化した。
陶蓮珠「とうれんじゅ」
身代わりの皇后。元行部官吏。現在は玉兎宮の女官。
郭翔央「かくしょうおう」
身代わりの皇帝。本物の皇帝・叡明の双子の弟。
李洸「りこう」
相国の丞相。皇帝の側近。政治のスペシャリスト。

人物紹介
冬来［とうらい］
本物の皇后。叡明の警護官で、後宮警備隊の隊長を兼任。
袁幾［えんき］
大陸中央を平定した龍義の使いとして、特使団を率いて栄秋入りした。

その他の登場人物

【翠玉】……相国の長公主。最近まで蓮珠の妹として育てられていた。

【許妃】……皇妃の一人。武門・許家の出身。

【張婉儀】……皇妃の一人。歴史に造詣が深い。

【張折】……行部長官。蓮珠の元上司。双子の元家庭教師で元軍師でもある。

【春礼将軍】……相国四将軍の一人。張折の友人。翔央の武術の師匠。

【郭広】……相国官吏で礼部長官。先帝の末弟で双子の叔父。

【白豹】……相国皇帝に仕える間諜。元陶家の家令。常に姿を隠している。

【紅玉】……玉兎宮の女官。蓮珠の補佐役。

【曹真永】……凌国の王太子。翠玉を妃として迎える。

【龍義】……大陸中央を平定したとされる人物。袁幾たち特使団を相国に送り出した。

【カイ将軍】……袁幾と共に栄秋入りした、龍義軍の将軍。

序章

七夕《たなばた》の日の午後。南天の陽も傾き、蓮珠《れんじゅ》は尽きない話を侍女の紅玉《こうぎょく》にやんわりと止められて、上皇宮《じょうこうぐう》を出ることにした。

「お帰りかい？」

穏やかな声に振り返ると、庭の四阿《あずまや》から誰かが手招きしている。

「お茶一杯分、愚息の愚痴を言っていきなさいな」

相《そう》国先帝である郭至誠《かくしせい》だった。

国内最高の頭脳を持つ今上《きんじょう》帝の郭叡明《えいめい》に『愚』の字を二つも付けるのは、この人にしかできないことだろう。

「主上に対して愚痴なんてございませんが、お茶はご一緒させていただきます」

皇后の身代わりである以上、義父の誘いをお断りできるわけもなく、蓮珠は紅玉に目配せしてから四阿へと道を逸《そ》れた。

「翠玉《すいぎょく》の件は、もう大丈夫だ。君には感謝している。……だから、身代わり皇后なんてものは辞して、もっと自分の時間を生きてはどうかな？」

穏やかな口調で、まさかの解雇通告。蓮珠は茶器を手にしたまま固まった。

玉座を降りた『上皇』には政治的決定権はないが、影響力はある。

「なにか、ご不興を……」

若干震える声で問えば、逆に震え上がったのは先帝だった。

「そういうことではないよ。本当に君には感謝している。それを悪く言うなんて、叡明と翔央《しょうおう》の二人ばかりか、秀敬《しゅうけい》や明賢《めいけん》からだって、怒られてしまうよ。……ほら、僕は、君の母親はもちろん、父親のことも知っている身じゃないか。だから、ちょっと親の目線的な部分で、これ以上、僕たちの事情に巻き込んで、君を危険に晒《さら》すのは本意ではないんだ」

そういう話であったかと安堵《あんど》すると同時に、たしかに両親が生きていたら、この身代わり仕事について色々と言われそうだとは思う。ただ、それでも蓮珠が辞めようと思うことはないと言い切れる。

「皇室の事情は、相国の事情です。わたしは、この国の官吏でしたから、この国に尽くせることを誇りに思っています」

蓮珠が官吏を目指した理由は、たしかに翠玉の存在と切り離せない。だが、一方で、この国から戦争をなくすという信念の存在も大きかった。威皇后《いこうごう》（当時は威妃《いひ》だったが）の身代わりを引き受けたのも、戦争を避けるために必要と判断してのことだった。自身の信条に従った結果だから、自分の時間を生きてきたつもりだし、これからもそれは変わらないと思っている。

「そうか。……君は朱黎明《しゅれいめい》の娘だったな。危険があろうがなかろうが、己が決めた道を進んでいくんだね」

苦笑いを浮かべるその表情が、翔央を思い出させる。蓮珠の無茶を、しかたないな、と受け止めてくれる時に浮かべる、優しく包み込む声と諦念をにじませた苦笑いを。

「きっと、わたしのほうこそ、わたしの事情にお二人を巻き込み、危険に晒しているのだと思います。大変申し訳なく」

思わず反省の言葉を口にした蓮珠に、先帝が微笑む。

「あ、いや、そこは大いに巻き込んでくれていいから。皇室の事情が国の事情なら、君の事情は相国民の事情だ。それをどうにかこうにかするために、郭家は玉座に座っているんだからね」

今度は、いつか見た父親の顔を思い出す。皇后が国母なら、皇帝は国父だ。この方は間違いなく、すべての相国民の父であった人なのだと思った。

第一章　荷花灯、遠雷を知る

夕刻の薄暗い部屋の中、男たちが一つの卓を取り囲んで立っていた。官吏が行きかう宮城と異なり、皇帝執務室は選ばれた者だけが近づくことのできる皇城の一角にあるというのに、部屋の奥で顔を突き合わせて密《ひそ》やかに言葉を交わしている。

入る部屋を間違えただろうか。

蓮珠は、異様な雰囲気に、部屋の扉と部屋の奥を仕切る大きな衝立《ついたて》の前まで、後ずさりした。

「皇后様?」

扉を入ってすぐのところに立っていた太監《たいかん》たちが首を傾げる。

蓋頭《がいとう》越しに彼らの困惑の表情を見て、蓮珠は気持ちを切り替えた。

この部屋に集まる人々が普通でないのはいつものことだ。気後れしていないで、さっさと用件を済ませねばなるまい。

ここは、大陸西の大国、相の都城である白奉城《はくほうじょう》。その奥にあって、政《まつりごと》の中枢たる璧華殿《へきかでん》の皇帝執務室なのだから、怪しい雰囲気を漂わせて立つ者であっても、賊の類《たぐい》ではないはずだ。

「なにもございません。裾元が少しばかり乱れていたので、失礼のないように整えてから入ろうと思いまして」

蓮珠は、落ち着いた声色をなんとか作った。夏のこの時期、暑くて邪魔な蓋頭だが、引きつった顔を太監たちに見られずにすんだのは、ありがたい。

そして、その若干引きつった顔のまま、蓮珠はもう一度、衝立の横を抜けて部屋の奥へと向かった。

「この『中央地域を平定した国の使い』には、誰が来ると思う？」

蓮珠の耳に、よく通る低音が入ってくる。相国皇帝の双子の弟で、皇帝の身代わりとして表に出ている郭翔央の声だ。彼の声がした、ただそれだけで、蓮珠は賊の集団などではないことの証明を得た気になって、安堵する。

「我が国との距離から考えて、右龍《うりゅう》の龍義《りゅうぎ》軍。その中でもかなり上の者を寄越すんじゃないかな。そのほうが大軍を背負っている感じが出て、いい脅しになる」

翔央と同じ声だが、ぼそぼそと話すのは、翔央の双子の兄にして相国皇帝本人である郭叡明だ。現在は翔央と立場を入れ替え、皇弟白鷺宮《はくろきゅう》を名乗っている。

「白鷺宮様のお考えでいきますと、相手側は、大軍を率いて栄秋《えいしゅう》入りする可能性が高いということでしょうか？」

問うのは、皇帝の側近、相国三丞相《じょうしょう》の筆頭李洸《りこう》だった。

「いや、大陸中央から本気で大軍を率いてくるのは、無謀じゃねえか。大陸の北側は威国がにらみを利かせている。相一国を平らげる規模の大軍を、ただじゃ通させない。大陸中央の連中だって、北と事を構えるのは最後にしたいはずだ。なんたって、このくだらねえ陣取り合戦の名目は……」

元軍師の張折《ちょうせつ》が言葉を区切る。引き継いだのは国内に巨大な情報網を持つ范《はん》家の長、范《はん》言《げん》だった。

「たしか『旧高大帝国《こうだいていこく》領を、より多く取り戻したほうが、真の高大帝国の後継者となる』でしたか。高大帝国が滅んで約百五十年も経っているというのに。いくら中元節《ちゅうげんせつ》が近いとはいえ、帝国の亡霊とやらが湧《わ》いて出て言うにしても、いささか妄言《もうげん》が過ぎますな」

滅多に発言しない故に付けられた官名『范言』ではあるが、言う時は言う人だ。

范言の亡霊の妄言という表現が気に入ったのか、小さく笑ってその場の全員の気持ちを代弁したのは、大陸東の大国、凌《りょう》の王太子、曹真永《そうしんえい》である。

「しかたありません。大陸中央は、その約百五十年を高大帝国の後継者争いに費やしただけだったわけですから、考え方の時間が止まってしまっているのでしょう。貿易交渉が国家間の主流の話題になってきたこのご時世に、実質的には『領土拡張路線』といえる政策を掲げているわけですから。……国土を広げれば豊かになるという時代ではないのに、愚かなものです」

言いながら、彼は軽く右手を上げた。その手に場の者たちの視線が集まったところで、スッと後方に手を向ける。

「皇后様がお戻りです。一旦、話を区切りましょう」

貴人の護衛にも、家人にもなれる王太子は、気配に敏《さと》く、お心遣いも細やかだ。

「上皇宮より戻りました」

集まった視線を受け、蓮珠は威皇后として優雅に礼をした。

「翠……いや、白瑶長公主《はくようちょうこうしゅ》（皇帝の姉妹）は、息災であったか？」

「はい。お渡しした佩玉《はいぎょく》も気に入っていただけたようで、嬉《うれ》しゅうございます」

白瑶長公主は、翠玉が賜った公主としての名だ。白は相の国色から。瑶は、国を守護する西王母《せいおうぼ》が住む天界の聖域『瑶池《ようち》』から一字をいただいた。

美しい名であるが、蓮珠にしても翔央にしても呼び慣れるには、日が浅く、あまり口にしていない。

「凌太子様、ご出立までにお時間をいただき、ありがとうございました。長公主様とあのようにお話しできたこと、大変嬉しく思います。凌国への帰路、お二人にとって良きものとなるようお祈り申し上げます」

先ほどよりも深く礼をすれば、真永がその長身を幾度も折り曲げる。

「ありがたきお言葉です。白瑶長公主にとっても、良い時間を過ごせたと思います。一度国を離れれば、大陸の東と西、気安く会える距離ではございません。自国に居るうちに、皇后様と縁を結べたことは、彼女にとっても喜ばしいことだったでしょう。……ただ、ひとつ、義姉上《あねうえ》となる皇后様に謝らねばならないことが生じました」

ことが翠玉のことだけに、蓮珠は曲げていた身体を勢いよく戻すと、蓋頭越しに真永の顔を見上げた。

「その、凌国への出立が遅れそうです。少なくとも、半月ほど」

「…………ええ？」

思わず蓮珠は、翔央のほうを見た。

「ついさっき、そう決まったんだ。けっして、知っていて、必死に佩玉を作っているのを止めなかったわけじゃないぞ」

そこは責めてない。でも、責めなくもない。

「いや、でも、大陸中央の書状が届くのは予想済みだったし、届いたらこうなることも予想済みだったよね」

叡明が眼帯のないほうの目で翔央を見て、煽《あお》る。

「おま……」

言い返そうとする翔央の傍らで、李洸が小さく咳払いをした。

翔央は、叡明を睨《にら》んでから蓮珠に向き直る。

「……威皇后よ、詳しい話は夜にでも玉兎宮《ぎょくときゅう》で。冬来《とうらい》、皇后を玉兎宮まで送っていってくれまいか」

「御意」

皇帝の顔でそう言われては、この場は下がるよりない。

冬来に促されて皇帝執務室を出た蓮珠は、誰に言うつもりもなく小さく呟いた。

「……別に責めてなどいなかったのに」

遠回しではなく、明確に執務室を追い出されたことに、少しすねた気分になる。

「皇后様がいらっしゃる場としてはよろしくないだろうという、主上のご判断にございますよ。……大陸中央から書状が届きました」

蓋頭を整えるフリをして、蓮珠に顔を寄せた冬来が、宥《なだ》める後半にそっと囁いた。

「それは……例の左右龍の件ですか？」

掠《かす》れるくらい小声で確認すれば、冬来が微笑む。

「ええ。いよいよ、大陸中央の者たちと事を構えるときが来たようです」

戦いの気配に高揚する冬来の横顔に、蓮珠の胸の内がざわついた。

冬来は威国の人だ。戦いに対する考え方が違うのだ。そう解っていても、とても心躍る心地にはなれそうにない。自分は、この人の身代わりだというのに。

七夕の夜。栄秋の街に出れば、人々が祈りに満ちた目を星空に向ける夜だというのに、玉兎宮は、お渡りの皇帝と迎えた皇后が見つめ合う……いや、睨み合う構図が展開されていた。

「では、事の次第をお聞かせいただけますでしょうか？」

小柄な蓮珠は、常に長身の翔央を見上げることになるのだが、今日に限っては、完全に睨み上げていた。

「あ、ああ。……長い話になる。紅玉、茶の用意を頼んでくれ」

翔央は紅玉に軽く手を上げる。意図を酌んだ紅玉が控えている女官たちにお茶の用意をするように指示を出して、自らは部屋の扉の前に立つ。人払いをさせたのだと気づき、蓮珠は姿勢を正した。

皇帝執務室で聞こえてきたのは、書状を送ってきた大陸中央の勢力に対する皮肉がほとんどで、それほど切迫した様子ではなかったように思えた。冬来から聞いたのは、書状が来たことと、いよいよ大陸中央と事を構えるという話だけだった。

だが、翔央の様子を見るに、思った以上に事態は深刻なようだ。

なにか話を聞く姿勢を作ったことさえ、良くなかったのでは……。蓮珠は己の思慮の浅さに俯《うつむ》いた。

「お前が悪いわけではない。皇帝執務室の扉が開いた時点で、誰が入ってきたとはわからないまでも話の調子を変えたから、あの場ではそこまでとは感じなかったと思うし、義姉上も歩きながらではほとんど話せることはなかっただろうからな。ただ、もうわかったと思うが、実のところ、かなりの緊急事態が起きている」

翔央は疲れを滲《にじ》ませた様子で、どかっと椅子に座った。

「義姉上から聞いただろうが、書状が来た。それも差出人は『中央地域を平定した国の使い』を名乗っている。近く特使団が栄秋を訪れる。今後について話をしたいそうだ」

言いながら、翔央は唇に手をやり、どこを見るでもなく視線を鋭くする。

考えている顔だ。おそらく皇帝執務室での話し合いの途中で、こちらに説明しに来てくれたのだろう。そのことに心苦しさを感じるも、聞いておきたいことは山ほどある。蓮珠は、冷静に話を聞こうと、できるだけ事務的に短く尋ねた。

「栄秋に、直接来ると？」

「ああ。龍義本人ではないにしても、かなりの大物を寄越すとこちらでは見ている。栄秋訪問は、話をして国を譲られたという体裁をとりたいだけだろう」

高大帝国が滅んだのは、もう百五十年も前のことで、帝国があった頃のことを直接知る者はいない。帝国末期は政治的混乱が続き、帝国崩壊後は後継者争いに明け暮れた大陸中央に、まともな土地の所有権を記した記録など残っていないはずだ。それなのに、とうの昔に滅んだ国の土地を、より多く取り戻したほうが、帝国の後継者になるなんて、内輪で決めてしまったような人々が、いまさら体裁をとろうなどと考えるとは。憤りを通り越し、呆れるよりない。

その思いは翔央も同じのようだ。叡明に最も似ていると蓮珠が思っている皮肉を口にするときの表情で吐き捨てる。

「体裁なんて無駄なもの掲げてないで本音を書けって話だな。『今回の陣取り合戦で、自分たちの側に降《くだ》れ、相国をまるごと明け渡せ』と言いたいだけの癖に、つらつらと長々しい文章なんぞ並べて……」

「あちらの言うことを受け入れなければ、どうなると?」

自分が望まない答えを聞くことになるのは、ある程度わかっていた。それでも聞かねばならない。これも一種の体裁だ。

「張折先生は、特使団を送り込むのは、市街地戦でどう兵を展開させるかの下見を兼ねているんじゃないかと、おしゃっていた。相手は、市街地戦をするつもりがあるのかもしれないな」

市街地戦を想定して栄秋を下見ということは、相国の都を戦場にするつもりが、相手にはあるということだ。

「翔央様は、どうお考えなのですか？　その……元武官として、あちらの申し出になにをお感じになったのでしょうか？」

違う可能性を求めて口にした蓮珠に、翔央は、もっと聞きたくない答えを示した。

「俺は……、大陸中央が郭家を根絶やしにするつもりだと感じた」

蓮珠はすぐに返す言葉が浮かばず、二人の間に沈黙が落ちる。

「ね……根絶やし？　配下に降るとか、そういう話ではなく。根絶やしですか？」

ようやく返した言葉ではあったが、否定を懇願する声色になっていた。

翔央は「これは叡明も言っていた話でもあるんだが」と前置きしながら、蓮珠にも椅子に座るように促した。

折よく、お茶が運ばれてきた。お茶が、蓮珠の冷えた喉を温めてくれる。同時に、少しだけ肩に入った力が抜けたところで、翔央がゆっくりと語り出した。

「……大陸中央の者たちにとって、凌や華より、相は厄介《やっかい》な存在だ。これは、軍事的な話ではなく、歴史的な話だ。相国の太祖（建国者）は、帝国末期の政争に敗れて大陸西部に逃れたわけだが、逆に言うと、高大帝国の政治的な争いにおいて渦中にいたような人物なんだ」

政争に敗れて、という部分に官僚主義国家の思考に慣らされていた蓮珠は、権力闘争に負けた派閥の人物という認識でいたし、官吏になるために歴史を学んだ時もそのあたりは重要視されていなかった。なにせ、この国の官吏にとって歴史上最も重要なことは『相国の官僚主義は、太祖の遺志である』ことだからだ。

だが、言われてみれば、他国の政治の中心は玉座とそれに連なる貴族だ。高大帝国で政争の渦中にいた相国の太祖は、帝国の貴族であり、さらに玉座に近い場所にいた人物だったということになる。

「左右龍が名乗る龍姓は、確かに最後の高大帝国皇帝の血統に連なる姓の一つではある。ただし、系図でいくと、郭姓のほうが龍姓よりも皇帝本流に近い。この系図の存在が、相国が『高大帝国の後継者』を自称する根拠にもなっている。あっちからすれば、すぐにでも燃やしてしまいたいところだろうな」

噂《うわさ》には、帝国時代からの系図があると聞いていたが、本当にあるようだ。歴史好きの張《ちょう》婉儀《えんぎ》あたりが聞いたら、大興奮する話かもしれない。蓮珠もこの時機に聞いた話でなければば、おぉっと思うこともあるだろうが、いまは、その系図こそが大陸中央との厄介な関係を作り出しているように思えてしまう。何につけても、記録を残しておくのが、この国の基本姿勢なわけだが、将来の危険につながるようなものは残してほしくなかった。

「まあ、系図があったところで、大陸中央を追い出されて、帝国崩壊の混乱で地方にまで目が行き届かない状況に乗じて、ちゃっかり国を建てたことには変わらない。だから、あまり声高には主張してない話だ。ハッキリ言えば、玉座を巡る争いで郭は、龍に追い出された側だ。本流に近いのはこっちだとか主張したところで負け犬の遠吠《とおぼ》えって奴だ」

自身の先祖を捕まえて、負け犬って……。軽くめまいがしてくる蓮珠とは違い、翔央の話は結論に入っていた。

「帝国から封土を与えられた貴族が、そのまま国を名乗るようになった凌や華と、我が国とではそこが違う。新生高大帝国の正統な後継者という話になった場合、龍にとって郭は邪魔な存在でしかない」

話が一巡して、龍による郭の排除に戻る。

「大陸中央は相国の領土を取り戻すだけで終わらず、……相国の皇室の方々を処刑する、とお考えなのですか」

「そうなる。……安心しろ、その前になんとしても翠玉は凌国へ送り出す。その後の保護

について も、真永殿に約束を取り付けてある。お前にしたって、身代わりを解いて、郭家とは関係がないと示すから大丈夫だ」

威皇后も無事では済まない。郭家の血筋にある者を、その身に宿している可能性があるからだ。では、飛燕宮妃《ひえんきゅうひ》は、どうなる。彼女の懐妊は公になっている。

「そんなこと……」

また、まただ。……また、自分だけが残される。白渓《はくけい》の者がもう誰もいないように。都の中、いろんな部署をたらいまわしにされて、寄る辺なく続いた下級官吏の日々を終わらせてくれた大切な人たちが、この都に自分が居てもいい場所をくれた人たちが、また、自分を置いていってしまう。

「大陸中央の使者なんて……栄秋にたどり着けなければいい」

こぼれそうな涙を飲み込み、喉を絞めつける痛みに耐えながら呟けば、翔央の大きな手が、蓮珠の頬に触れた。

「蓮珠、大丈夫だ。これはしょせん悲観主義に陥りがちな歴史学者と元武官の空想にすぎない。国同士の折衝は、もっと複雑で緻密《ちみつ》で、二人程度の人間の考えで計れるものではない。俺が言ったことなど忘れてくれ」

翔央の大きな手のひらが両側から蓮珠の頬を包み込む。顔を寄せた翔央は、額に額で触れ、間近で目を合わせた。

「叡明が、最初から張折先生と范言を加えて話をしている。大陸中央の情報をできるかぎり集めて、打開策を見出そうとしているんだ。……あの叡明が諦めていないなら、なにか手はあるということだ。だから、きっと大丈夫だ」

それは、蓮珠に、そして、翔央自身に言い聞かせるような言葉だった。


七夕の翌日、午後の早い時間に、玉兎宮を訪ねてくる者があった。

「皇后様、許妃《きょひ》様と張婉儀様がいらっしゃるそうですが、いかがいたしましょう？」

問いかける玉香《ぎょくか》によれば、それぞれに宮付き女官を使者に立てた、正式な妃嬪《ひひん》の訪問伺いであるという。

「お二人で、同時にですか？」

妃嬪でも高い位を持つ者が、同じ派閥の位が下の者を伴って訪ねてくることがあるにはあるが、許妃も張婉儀も後宮内に派閥を持たず、訪ねてくるときは一人で来て、話したいことを話して帰って行く人たちなので、珍しくて、つい聞き返してしまった。

「はい。お二人ご一緒のようです」

玉香も珍しいことだと思っているようで、視線で『どういう御用件でしょうか？』と蓮珠に問いかけてくる。

思い当たるのは、昨晩翔央と話した件ぐらいだが、そうだとしたら後宮内にいるというのに耳の早いことだと感心するよりない。

「わかりました。すぐにお迎えの用意を。お茶は……蒼妃《そうひ》様にご紹介いただいた茶館のものを」

「畏《かしこ》まりました」

玉香が下がると、蓮珠は紅玉を呼び寄せて衣服を整えた。夏の薄絹のサラッとした感触が心地よい。表地には大輪の牡丹《ぼたん》が刺繍《ししゅう》されているが、その裏側の糸が直接肌に触れることがないように裏地に薄絹を重ねている。見た目の美しさだけでなく、着心地もちゃんと考えてくれている。さすが、皇后の衣装には、並ならぬ気合を入れて織ってくれる綾錦院《りょうきんいん》の作品だ。

もし、大陸中央の軍が皇城にまで入ってきたら、彼らはどうなってしまうのだろうか。

蓮珠は戦いを望まない。相国から戦争がなくなることを、強く望んできた。そのために官吏になり、色んな部署を渡り歩いても諦めることなく官位を昇ることを目指した。翠玉のこともあったが、一方で蓮珠個人として、戦争がなくなるために尽力できる、政治の中枢を望む気持ちも強かった。

いま、蓮珠は皇后の身代わりという、相国政治の中枢にかなり近い位置にいる。身代わりとはいえ、これまでの官吏生活では知り得なかった政治の話を耳にすることができる。それにもかかわらず、この国に近づきつつある戦争に対して、なにもできないのだ。

「……足りない。考えるためには、多くの情報と広く深い知識が必要なのに、絶対的に足りてない」

誰にも聞こえないように、それを繰り返し呟き、衣装を整えた蓮珠は、妃嬪二人の待つお茶の席へと向かった。

「……というわけで、お二人のお話をぜひお聞かせください」

着席するなり、蓮珠は二人に、そう願い出た。

「どういうわけかはわからないですが、聞きたいというより聞かなきゃならないと思うことがおありなのですね」

許妃が、ぐっと顔を近づけて尋ねてくる。蓋頭越しに許妃と目を合わせ、蓮珠は大きく頷いて見せた。

「多くの情報と広く深い知識が足りません。お二人は、それを持っていると認識しております」

これに張婉儀が、プルプルと震えながら小さくなる。

「か、過分な評価をいただき、恐縮でございます。もっとも、わたくしの場合、多少深い知識ではございますが、とても狭いことは自覚しておりますので……」

絹団扇《きぬうちわ》の後ろに隠れる張婉儀の手を握りしめ、蓮珠は力強く彼女を肯定した。

「その狭くとも深い知識を必要としております。大陸中央に関して、できるだけ知っておきたいのです。それから、歴史上の国々の興亡と、後宮の関係も！」

蓮珠の勢いに押される張婉儀を楽しそうに眺めていた許妃が、急に身を乗り出した。

「大陸中央に関して知りたい、ですか。……あたしたち二人が訪問したことの本題は、すでに皇后様もご存じということですね。たしかに、これから考えることは、多くの知っておくべき前提や背景があります。あたしたち三人が急いで結論を出すことではないので、じっくりと考える下地を作りましょう。では、張婉儀、あなたの歴史知識を。ぜひとも、あたしにも拝聴させてください」

許妃を歴史好きに引き込める好機とばかりに、張婉儀の目に鋭い光が宿る。

「これは、重責でございますね。では、軍事面に関しては後ほど許妃様に補足をお願いすると致しまして、国々の興亡と後宮というお話から……」

今回は許妃の初参加により、蓮珠は以前講義を受けたことのある、大陸史でも神話時代と呼ばれる高大帝国成立前から話が始まった。

「古来、侵略された王朝の妃嬪というのは戦利品扱いを受けてきました。戦利品というのは、まとめて馬車に詰め込まれて、敵方の都に連れていかれ、王侯貴族に、あるいは武将への褒美《ほうび》として下賜される。そういう『モノ』として扱われるということです。高大帝国成立よりはるか昔の話では、妃嬪、公主、長公主に至るまで一千人の女性が、敵方の都に送られたというものもございます」

女性だけで一千人、想像を絶する数だった。話に出てきた侵略された国と敵方の国の都がどれだけの距離にあったのかはわからないが、もし栄秋と大陸中央ぐらいに離れていたなら、移動の途中で命を落とした者もいたのではないだろうか。その上、それを生き延びたとしても、敵国の都で待っているのは囚《とら》われの身の生活だ。

「そんなことが、本当にありえるのですか……」

理不尽に故郷から引き離される辛さは、蓮珠も知っている。だが、許妃は張婉儀の言うことのほうを肯定した。

「そんなことが実際起きるんです。……五大家のひとつに数えられる武門の家に生まれると、そのあたりの覚悟は幼いころから祖父母に聞かされています。あたしが幼い頃は、都から離れた地とはいえ、戦争はまだ続いていたから、万が一にも都まで攻め上られた時には、許家の子女として、どう振る舞うべきか、って」

「どう振る舞うんですの？」

五大家といえば、相国建国時から太祖を支えた由緒ある家柄。歴史好きの興味が疼《うず》いたらしい、張婉儀が妃位を越えて、踏み込んだ質問をする。

「いよいよの時までは敵を討って、討ち切れなくなったら自害」

許妃の口調は淡々としているが、内容は壮絶だ。押し黙った蓮珠と張婉儀を見て、許妃がパッと両手を広げて、笑顔を作る。

「さて、本題と行きましょう」

「……そ、そうですね、そのためにお二人は玉兎宮までいらしたのですから」

なんとか持ち直した蓮珠は姿勢を正して、二人がそろって玉兎宮まで来た話を聞く体勢を作った。

「皇后様、あたしと張婉儀には、後宮内の噂話を拾ってくるための侍女っていうのがおります」

そう切り出した許妃に、張婉儀が小さな声で補足を入れる。

「どちらかというと、張家が後宮内の噂話を拾うために、わたくしに付けている侍女ですが……。そこは横に置いておきまして、ここに来る前に許妃様にお会いしてお話しいたしましたところ、別の場所で同じ噂を拾ってきておりましたの」

先を促す蓮珠に、許妃が人払いを承知でさらに声を潜めた。

「使いを寄越した龍義なる人物は無類の女好きだから、使いの者は後宮の妃嬪を連れ帰るよう命じられている、というものです」

蓮珠は、絹団扇で蓋頭の上から口元を強く押さえた。思わず大きな声を上げそうになったからだ。蓋頭では隠しきれない驚きを、なんとか飲み込んで、落ち着いた声色を無理やり作った。

「……怪しいところだらけですね。書状が龍義からというのは、朝議の場でも開示された情報のはずですが、龍義がいかなる人物であるかは、まだ丞相でさえ把握できていない話です。大陸中央の情報はかなり限られた者だけが知っていること。真実であっても、根拠のない噂話であっても、とても厄介な話になりますね」

張婉儀が眉根を寄せる。

「前者であれば、主上や丞相さえ知らない大陸中央の情報を手に入れる伝手《つて》を持っている者がいるという話になりますし、後者であれば、なにを目的にそんな話を流したかに注視する必要が出てくるというものですわ」

噂を鵜呑《うの》みにすることなく、噂の裏側を考える。さすが、元軍師の経歴を持つ上級官吏張折の姪《めい》だ。

「……ありがとうございます。主上にお伝えして、後宮の外でも噂が流されているか、調べていただけるようお願いしてみます」

蓮珠の対応に二人が満足の表情を見せる。

声を潜めて寄せていた顔を離し、一区切りついたところで、新たなお茶が出てきた。

「いずれにしても、大陸中央の使いが栄秋に来ることは、後宮にとって不安と恐怖にほかなりません。いえ、後宮だけではありませんわね。皇城、宮城、さらには……栄秋全体が、最後まで無傷ですむのか。それがとても気がかりです」

話題の締めくくりに、張婉儀がため息とともに懸念を口にした。

「ええ、本当に……」

蓮珠も許妃も、その思いは同じだった。

二刻（四時間）ほどの訪問を終えて、許妃と張婉儀はそれぞれの宮に戻った。玉兎宮の門が閉まるまで二人を見送ってから、蓮珠は皇后らしい厳かな声で腹心の侍女を呼び寄せた。

「玉香」

すぐに歩み寄った玉香がその場に跪《き》礼《れい》する。

「お呼びにございますか、皇后様」

後宮に属する玉兎宮にあっても、彼女は外の情報を手に入れてくることができる特別な存在だ。

「あなたの情報網で手に入る分で構いません。大陸中央の情報を、お願いできますか」

「御意」

どんな情報がほしいのかという詳細は不要だった。玉香は、蓮珠が何を知りたいかという情報も握っているからだ。


夏の遅い夕闇が、ゆっくりと栄秋の街を包み始めていた。

玉兎宮の女官姿に着替えた蓮珠は、『皇后様から主上への手紙』を届けるために璧華殿の皇帝執務室を訪れた。

「栄秋に来る大陸中央からの特使団が、後宮の妃嬪を大陸中央に連れていくという噂が、後宮の妃嬪の間で広がっております。どの皇妃様も大変不安がっていらっしゃいます」

今日の蓮珠は、あくまで玉兎宮付き女官として、後宮の大姉たる皇后のお気持ちを皇帝と白鷺宮に訴えにきたわけだが、外交を職掌《しょくしょう》とする礼部《れいぶ》に居た頃の知識で一歩踏み込んだ発言をした。

「特使団を栄秋にまで入れる必要があるのでしょうか？　国交がない相手との外交は通常、両国の仲介役となる国を介して交渉を始めるものではないですか？」

さすがに双子に向かって言う勇気はないので、李洸に尋ねたわけだが、回答は、恐れ多くも本物の皇帝である叡明からとなった。

「特使団の受け入れは、すでに決定事項だ」

片目眼帯で睨まれると、怖さが増す。

「それは……白瑶長公主様のお輿入れ《こしい》よりも優先されることなのでしょうか？」

翠玉は、現状相国唯一の未婚の皇族である。嫁ぎ先が決まっていようと、心に決めた相手がいようと、龍義側からすれば関係ない。皇帝の妻である妃嬪を根こそぎ奪い去るというのは、ある種の悪意を伴う行為だが、長公主は相国皇室と縁戚を持つための政治的意味合いが強い行為になる。いわゆる政略婚であり、相国を大義の元に手に入れることができる、最も手堅いやり方だ。

だから、翠玉を龍義に奪われるわけにはいかないというのは、蓮珠の気持ちの問題だけではなく、相国の皇統に関わる問題でもある。もちろん、そんなことは、当然この皇帝執務室にいる面々もわかっていることだし、わかっていることを蓮珠も承知している。それでも、蓮珠があえて口にしたのは、特使団を栄秋に迎え入れようとする彼らの真意が、見えないからだった。

今度は、李洸が蓮珠の問いに応じた。

「蓮珠殿、時機が悪いことは重々承知です。しかしながら、安心して凌国へご出立いただくためには、先に片付けておいたほうがいい問題だとは思いませんか？」

彼らの真意を明らかにするつもりはないようだ。肩を落とした蓮珠を、元上司の張折が宥める。

「そういうことだ、陶蓮《とうれん》。……それに考えてもみろ、凌国へ向かう凌太子の御一行が、こちらに向かっている特使団と擦れ違ったりしたら、下手すりゃ、全面戦争の端緒になるぜ？　なにせ、凌国は左龍……龍貢《りゅうこう》側だからな」

李洸は説得だが、張折のそれは、もう脅しが入っていると言えるものだった。

押し黙るよりない蓮珠に、叡明が追い打ちをかける。

「二人の言うことが、わからないお前ではないだろう？　まあ、わからなくても変わらない。特使団は栄秋をあげて歓迎するのが、相国の方針だ」

特使団は栄秋をあげて歓迎する……それが、翔央言うところの、叡明の見出した打開策なのだろうか、それとも、打開策を見出すために敵を懐に入れるという賭けに出たのだろうか。

「我らが主上は勝算のない賭けをなさらない、そう思っていてよろしいでしょうか？」

　せめて信じさせてほしい。蓮珠の切なる願いから出た言葉に、李洸の部下が慌てる。

「陶蓮殿、いくらなんでも不敬がすぎます」

　竹杖二十回で確信が得られるなら、それでもいいと思った。

「……いいよ、玉兎宮の女官殿には珍しい褒め言葉として受け取ろう。たしかに僕は勝ち目のない勝負はしない主義だが、最近は色々と立て込んでいるから、突発的な勝負を強《し》いられることも多い。でも、これは突発的ではない。前にも言ったが、書状が届くのもその内容も『予想済み』だった。これでわかるな？」

　狙いが何であれ、狙いがあってやっているなら、蓮珠にできることはひとつしかない。蓮珠は、了解を示すようにその場で平伏した。

「それでいい。……お前は、安心して恐れよ」

　叡明の矛盾に満ちた言葉が、蓮珠に確信させる。

　栄秋をあげて大歓迎する。そこになにかしらの狙いがあることを特使団側に悟らせないためには、一定数の不安や恐れを抱いた者たちが必要なのだ。なぜなら、特使団は、自分たちが不安を煽り、恐れを抱かせる存在になることを期待している。そうでなくては、栄秋に攻め込む口実を持ち帰れない。歓迎されるだけでは、戦争を仕掛けることができなくなってしまうから。

「小官、主上への多大なる信頼をもって、大いに不安がることにいたします」

蓮珠は額《ぬか》ずいた。心は、今も相国官吏として、この国に尽くすという宣言だ。

第二章　荷花灯、暗影に焦心す

書状の到着と同時に、大陸中央からの特使団が近日中に栄秋入りすると発表されたこともあり、翌日に行なわれた皇后主催の定例会も話題の中心は、そこに集中していた。

蓮珠としては、特使団の栄秋入りの賛否について意見が飛び交うこの場の空気がいたたまれない。身をもってわかっていることだが、この場で、どれほど討論を重ねても、特使団の栄秋入りは覆せないし、栄秋をあげて彼らを歓迎する方針も変わらないだろう。

叡明は明確に何かを狙っている。これまでも幾度となくあったことだが、頭の良すぎる叡明の計画は、ほとんどの人間にとって理解できない代物《しろもの》だ。蓮珠を筆頭に、妃嬪にも女官にも狙いを明らかにしないのは、明らかにしないほうが、彼の計画がうまくいく公算が高いということだろう。勝ち目のある勝負しかしない叡明の計画だ、自分たちは勝ちに向かって進んでいる……と、蓮珠も思いたいし、思うよりない。

「主上がお決めになったことですから、なにかお考えがあるのだと思います」

蓮珠に言えるのは、ここまでだ。後宮が抱える不安と恐れが、栄秋の安全につながるのだと言っても、皇妃たちにはうまく通じないだろう。

ただ、さすがに長ければ三年ほど叡明の後宮に居る方々だけあって、『なにかお考えがある』と言っただけで、不満の意見を皆ひっこめた。

「あの……わたくし、今回のことでひとつ懸念がございますの」

静かになったところで、楊昭儀《ようしょうぎ》が発言の許可を求めた。

「どのような懸念か、お聞かせいただけますか？」

促したのは、許妃だ。妃嬪と直接言葉を交わすのは、本来妃位にある許妃、周妃《しゅうひ》の役割だからだ。

「皇后様には不快に聞こえること重々承知しておりますが……、大陸中央からの特使なる者は、威国から嫁いだ威皇后様が、外交の場に同席されることを、果たしてお認めになるのでしょうか」

楊昭儀の言うことは、蓮珠も懸念していることであった。

本来外交の場に立つのは、飛燕宮妃である呉淑香《ごしゅくか》なのだが、身重のため、今回の歓迎行事全般で皇后が出るべきという話になっている。

高大帝国の後継者であることを争ってきた大陸中央の人々は、高大民族の国家であることにこだわりがある。なんといっても、高大帝国が最終的に崩壊したのは、北方異民族の大陸中央侵入が原因だ。

先日の張婉儀の大陸中央の歴史講義によれば、この北方異民族は威国を建てた黒部族と呼ばれている人々とはまた違う、より戦闘を好む部族らしい。彼らは、広大な大陸中央を誰が治めるかで部族内闘争に発展し、わずか数年で自滅した。

この数年の間に戦わぬ者たちは四散し、それぞれが集落を形成していく。西金《ざいきん》が占領された時に協力関係となった藍玉《らんぎょく》の乾《いぬい》集落もそのひとつだ。大陸中央に残った帝国の後継者を自称する高大民族の者たちによる争いは一層激しくなり、帝国滅亡から十数年後、ついに帝国は本格的に領土分裂した。そして、今も一つには、まとまっていないのだ。

現状、大陸中央で争っているのが高大民族同士だとしても、高大帝国崩壊の一端は異民族にあるわけで、反異民族意識は強いと思っておいたほうがいい。

これを指摘するのが、建国当初から臣従していた五大家のひとつである楊家からの皇妃であることも頷ける。郭家が高大帝国からの系図を所有しているのと同様に、楊家にも高大帝国末期からの記録が残っていて、そのあたりの話を子々孫々伝えられてきているのだろう。

どう返そうと蓮珠が迷っているうちに、同じく五大家から後宮に入った許妃がため息交じりに言い添える。

「楊昭儀が懸念されるのも無理ないですね。お互いに家で聞きかじってきた昔話がありますから。さらにいえば、大陸中央と大陸北方は、いまだに対立状態が続いています。特使団の者たちが、どの立場にある者かはわかりませんが、相手を刺激しないに越したことはない、という気がします」

これは外交の場に出ないほうがいいという流れだろうか。蓮珠が許妃のほうを見つめていると、彼女は小さく唸ってから、その場の妃嬪に問いかける。

「ただ、あの主上が『特使団の栄秋入りを歓迎する』とおっしゃっている以上、そのあたりのことは、おそらくすでに織り込み済みではないでしょうか？」

たしかに、あの主上が、自分たちが懸念を抱くようなことを考えていないわけがない。

全員が、なんとなくそう納得したところで、周妃が本日の定例会を総括した。

「本日の話題は、つまるところ『すべては主上の頭の中』という話でございましたね」

身も蓋ない。どの妃嬪も不満こそ口に出さないが不安は表情に出ていた。

周妃が、こちらを見て、わずかに微笑む。どうやら彼女は、主上の頭の中の一端が見えているらしい。後宮に属する妃嬪も女官も、納得して安心した表情で特使団を迎えるわけにはいかない。不安を抱いたまま特使団を迎える必要があるのだ。

皇后主催の定例会は、本来どの妃嬪も後宮で心穏やかに過ごすためのものだが、この日ばかりは、不安を抱えたまま解散となった。

定例会を終えた蓮珠は、許妃と張婉儀を個人的なお茶会に誘った。

玉兎宮に向かう歩みこそ優雅であったが、宮の正房に入るなり、蓮珠は反転すると、その場に跪礼した。

「お二人には、大変申し訳なく……。事前にお話をいただいていたにもかかわらず、力及ばぬ結果となりまして」

「皇后様、そのようなことをなさってはいけません！」

張婉儀が大慌てで、自らも膝を折る。

「ここには、お二人だけなので。もうどうか謝らせてください」

皇妃二人が互いに平伏するという状況を一人眺めていた許妃が小首を傾げると、跪礼でなくしゃがみこんで尋ねてきた。

「皇后様、もしや主上とのお話の際になにかございましたか？　……貴女《あなた》にしては、ずいぶんと気落ちしていらっしゃるように見えます」

そう言われて頭に浮かんだのは、翔央に言われた『郭家根絶やし』の件だった。

「実は、主上から……」

内容が内容だけに、二人がぎりぎり聞き取れるくらいの小さな声で、龍義は郭姓全員を処刑するつもりだと言われたことを話した。

「なるほど、理解しました。……では、一旦立ちましょう。正房の床に皇妃三人が、縮こまっていることに、玉兎宮の女官が完全に固まっちゃっていますよ？」

見れば、正房の扉は開かせまいと構えながら、こちらを凝視している紅玉がいた。お怒りだ。紅玉は、双子が皇后の身代わりである蓮珠の護衛に付けた女官だが、もっとも重要な仕事は蓮珠を皇后らしく仕立てることだ。その考えで行くと、これはあまりにもよろしくない状況だ。

「こ、紅玉、お茶の準備を」

何事もなかったことにして立ち上がり、蓮珠は宮付き筆頭女官に指示を出した。屋内なのだから、それほど暑いわけでもないのに、蓋頭の下で汗が流れるのを感じる。

「畏まりました。すぐに用意させます、皇后様」

穏やかに一礼した紅玉は、扉をわずかに開けてするりと正房を出ていった。蓮珠に続いて立ち上がった許妃は、閉じられた扉を見つめて笑う。

「いまの女官といい、男装に造詣の深い女官といい。面白い女官を置いていますよね、玉兎宮って」

「面白い……ですか？」

とても頼りになるが怒らせると怖い二人であって、面白いかどうかという基準で見たことはなかった。

「ええ、玉兎宮はいい宮です。皇后様のお人柄が出ておりますわ」

立ち上がった張婉儀が、襦裙《じゅくん》を整えながら応じる。

「ああ、わかります。同じ後宮にあっても宮ごとに違いがありますよね。宮の雰囲気や仕える者を見れば、主《あるじ》が誰かわかるくらいに」

宮の庭を馬場にして、厩《うまや》も置いている許妃の宮は、仕えている女官を見ずとも、宮の庭を見ただけで宮の主がわかると思うのだが……などと考えていることが伝わらぬよう、蓋頭の下であっても笑顔を作って、蓮珠は玉兎宮の院子《いんし》（中庭）に用意させたお茶の席に二人を案内した。

傍目《はため》には皇妃三人が、夏の午後に優雅なお茶の時間を過ごしているように映るが、話している内容は、処刑されるか、されないかという殺伐としたものだ。

「……主上がそのようにお考えになるのも無理はございません。確かに、大陸中央で『高大帝国の正統な継承者』を御旗に掲げる方々にとって、郭姓がつないできた国は扱いが難しい存在です」

蓮珠の話を聞いた張婉儀が、震える手で茶器を卓上に戻した。

「龍姓は、高大帝国の最後の皇帝に連なる者を名乗っておりますが、系図は帝国崩壊後の混乱期に紛失したと主張しており、実は龍姓を自称しているのではないかという話もございます。……今回、すぐには攻め入らず、特使団を派遣するという前置きをしたのは、相国が所有している高大帝国時代から続く系図を手に入れてから、栄秋を潰せばいいと考えているからではないか。そんな見方も一部にあるくらいです」

系図を手に入れてから、栄秋を潰せばいい。家どころか邑《むら》ごと失った蓮珠のような戦争孤児を作ろうとしているのに、とてもじゃないが理解できない考えだ。

蓮珠は都に来た時、すでに十二歳になっていて、邑の名前も親の名前も明確に言えたので、地方機関が保管している記録と照らし合わせ、白渓の邑の出身であることが認められた。だから、公的書類には出身地として白渓の名が記載されている。

だが、幼くして戦争孤児となった子どもたちは、邑や親の名前ばかりか、自身の名前さえもハッキリ言えず（これは、幼名で呼ばれていたため、正しい名前を覚えていないことが主な原因）、出自を証明することができない場合が多い。そのため、公的書類の出身地の記載に福田院《ふくでんいん》（養護施設）の名称が記載される。戦争で失うのは、家や親に留まらない、自身につながる歴史の一切を失うのだ。

蓮珠はお茶の残りと一緒に憤りを飲み込んだ。戦争孤児の事情と結びつくそれは、陶蓮珠だから抱いた感情であって、威皇后の感情ではない。身代わり皇后として、皇妃二人を相手に話しているときに、見せていい感情ではないのだ。

「やれやれ。それは、どちらが簒奪者《さんだつしゃ》と言われるべきかという話ですね」

あちらの主張を受け入れがたいと思うのは、蓮珠だけではないようだ。許妃のため息に混じる憤りに、蓮珠は少しだけ安堵する。

「我が張家は五大家でこそございませんが、七名家のひとつとして、多くの記録を保存しております。今回、大陸中央に関する記録がないか実家に問い合わせましたところ、叔父《おじ》が調べていたものですから、すぐに大陸中央の歴史記録の写しが送られてきました」

叔父が調べていた、というあたりに、張婉儀の元に送られてきた記録は、張折による姪に送っていいかどうか選別後のものではないかという気がする。

逆に言うと、姪による皇后への歴史講義を知る張折が、蓮珠にこれは知っておけという考えで送り込んでいる資料ではないかとも思える。

今回の歴史講義は、今では淩国のある大陸東部で傍系王族に生まれた青年が、聖獣青《せい》龍《りゅう》の加護を受けて、大陸を統一するという神話から始まった。

「聖獣の加護が、あったかなかったかは横に置いておきまして、高大帝国の太祖が大陸東部の出身であることは間違いないようです」

英雄に神話が伴うのは、よくある話だと張婉儀は一蹴する。蓮珠からすると、その神話が混ざるせいで、正史の扱いを受けず、歴史として習うことがないのは、やや問題だと思う。

そもそも、相国の科挙《かきょ》（官吏登用試験）で歴史として扱われるのは相国成立以降である。おそらく、政の中枢にいた誰かが『帝国末期の政争に敗れて、大陸西部に逃げてきた人物が建国者』のあたりを、あまりくわしく学ばせたいと思わなかったからだろう。おかげで、相国民は高大民族でありながら、全体的に相国建国以前の歴史に疎《うと》かったりする。

「……大陸中央の異民族政策の欠点は、徹底的に下に見るだけで、まったく向き合おうとしなかったことに尽きます。結果として、戦うことすら考えていなかったために、最終的に侵入を許し、帝国はわずか数日で滅ぶことになりました」

張婉儀の話が、ついに帝国滅亡まで至った。

「よく物語では、一夜にして滅んだと言われますが、実際はいま申しました通り、数日はかかっています。ですが、約三百五十年続いた大帝国がわずか数日で滅んだことは、とても衝撃的です」

一区切りに沈黙が落ちる。三人それぞれに、相国約百五十年の歴史が終わるのに、いったい何日かかるかを考えている気がした。

その重苦しい空気を払うように、許妃が実家から聞いたという話を勢いよく始める。

「龍姓の系図が怪しいって話でいくと、少し前から主上も李丞相も大陸中央についてお調べでいらしたでしょう？　その件であちらの軍の編成についての情報が入ってきたときに、父上と春礼《しゅんれい》将軍をお呼びになったそうなの」

李洸は軍の編成まで調べていたようだ。そうなると、彼は大陸中央との戦争を意識しているということになる。蓮珠は蓋頭の下で唇を噛んだ。

「左右龍は、民の数が、そのまま兵士の数になっていると言えるほどの大規模で……」

どうしてだろう。張婉儀の語る歴史の話も、許妃の聞いてきた軍の話も、誰のどの話を聞いても、不安だけが積み重なっていく。自分たちの国は、これから先どうなるのか。見えない未来を手繰り寄せようと、過去や現在を集めて語り合うほどに、光は陰って先々は見えなくなる気がして。ふと、胸に引っかかるものがあり、蓮珠は顔を上げた。蓋頭越しに見れば、同じように俯く許妃と張婉儀がいる。

「あの……ひとつ、疑問が。すでに左右龍に降った国がいくつもあると聞いております。併合された国々は、実際どのような状況にあるのでしょうか？」

二人に、浮かび上がった疑問を尋ねてみたが、二人は互いに顔を見合わせただけだ。

「すみません、変なことを聞いて……」

新しく淹《い》れてもらったお茶を飲むことで語尾を濁した蓮珠に、許妃が微笑みかける。

「いえ、皇后様の疑問はもっともです。大陸中央の情報は、白龍河《はくりゅうが》で隔てられているため か、我が国にはなかなか入ってきません。それは、黒龍河《こくりゅうが》で大陸中央と隔てられている凌国も同じでしょう。華国や威国には大河こそありませんが、切り立つ山々で隔てられております。四方大国はいずれも大陸中央と隔てられていたがゆえに、手を出すことも出されることも最低限に抑えられてきました。その分、どの国も状況をつかみかねている気がします」

張婉儀は、幾度か許妃に同意して頷いてから、急に蓮珠のほうを見た。

「皇后様、もしかすると、主上は凌国経由でなんらかの情報をお持ちかもしれません。凌国は、すでに左龍……龍貢側についているというお話ですから！」

叡明が絡むと、張婉儀の顔色が一段明るくなる。彼女の叡明好きは有名であり、しかも、それが後宮の妃にありがちな表面的なものでもないことも知られている。

もし、彼女が噂のように龍義の元へ連れていかれる妃嬪に選ばれたら、どれほど悲嘆にくれるだろう。いや、彼女だけではない、誰でも同じことだ。ここは、相国の後宮で、皇妃のほとんどが政治的な理由によって叡明の後宮に入った。だからといって、同じ政治的な理由なのだから龍義の元へ行かされても平気というような話ではない。

だから、これから自分たちがどうなってしまうのか、すでに龍義側に降ったほかの人たちはどうなったのか、それをどうしようもなく知りたいと願ってしまうのだ。

夏は、夜が来るのが遅い。その訪れを待っていれば、余計に遅く感じる。

玉兎宮の裏庭に続く扉をあけて、後宮の東の空を眺めた。夕餉《ゆうげ》を知らせる鐘の音に目を閉じて、ようやく訪れた夜に高ぶる気持ちを落ち着かせる。

「我が妃よ、そんなに空を睨んでやるな。夜空の星が全て落ちてしまうぞ？」

声に振り返ると、皇帝姿の翔央が紅玉を伴って、正房の扉を入ってくるところだった。

「主上？　いつもより、お早いお渡りでございますね」

急いで歩み寄り、跪礼する。

「夕餉を共にしようと。頼めるか、紅玉？」

皇帝の意を受けて、紅玉が下がる。正房の扉を閉じていったので、厨房への指示を出すと同時に人払いをしてくれるようだ。

「皇妃たちは、どうだった？」

翔央が彼らしい快活な口調で問う。

「……定例会は大荒れでした」

応じる蓮珠は定例会を思い出して若干疲れが声に出る。どんなことが話し合われたのかを報告すれば、耳を傾けていた終わりに翔央が小さく笑う。

「朝議と変わらんか。まさに『後宮は朝議の縮図』だな。……で、どうした？　それが原因で夜を睨んでいたとは思えないが？」

さすがの慧眼《けいがん》というより、つかず離れずの約一年で、なんとなく相手のことがわかるようになってきたという感じがある。蓮珠は翔央に続いて椅子に座ると、どこから話そうか考えながら、口を開いた。

「定例会のあと、許妃と張婉儀のお二人を玉兎宮にお招きして、大陸中央のことでお話を拝聴したのですが」

「二人から気になる話でも出たか？」

翔央が少し身を乗り出す。機密性を考えたのだろう。

「残念ながら、どちらかというと逆ですね。……左右龍に併合された国々の現状というのが、全く聞こえてこないという話になりまして」

翔央が姿勢を戻し、横目に正房の扉を確認する。

「……俺たちもそこが気になっている。いずれかの陣営の支配下に置かれたところまでは聞こえてくるが、いまどういう扱いになっているのかが不透明だ。真永殿もそのあたりの情報はお持ちではなかった。龍義側と龍貢側では、支配地域の扱いがかなり違うらしいということだけしか、わからないそうだ」

どうやら皇帝を中心とする政の中枢にいる人々だけがその情報を握っているということ

ではなさそうだ。

「范言の情報網もさすがに大陸中央の、しかも被支配地域までは、つながっていない。そもそも行商人は、商売にならない土地には近づかないからな」

言われて納得する。現状、国内最大級の情報網を持つ范家は、行商人が商売に向かった先々で集めて持ち帰ってくる話を主な情報源としている。商売ができない地域の情報は、入ってこないのだから致し方ない。

これは、玉香に無理難題を押し付けてしまったかもしれない。蓮珠が一人反省していると、翔央が別の視点を提示する。

「ただ、どのあたりから行商人たちでは近づけないかを知ることで、被支配地域がどこまで広がっているかは、だいたい把握できている」

それがどちらの陣営側の被支配地域なのかまではわからずとも、大陸中央の手が伸びたことまではわかる。これにより、どの程度、大陸中央勢力が相国に近づいているのかもわかる。

「行商人は定期的にその地域を訪れることが多い。そこからどの程度の期間で支配されたかも計算できる。中規模の街を中心とする小国は三日から五日。これは、かなり苛烈な占領戦だといえる。ただし、事前の交渉がどの程度行なわれたうえでの日数なのかはわからないし、自ら降ったのか、抵抗戦を行なったのかも不明だ」

　夕餉が運ばれてきて、翔央は一旦話を止めた。卓上に皿を並び終えると、紅玉と玉香を残して人を下げる。翔央がいつも以上に周囲を気にしている。蓮珠は言葉にせず、視線だけで問いかけた。翔央が声を潜める。

「……大陸中央が、どのように短期間で支配を実現しているのかわからない。ひょっとすると、事前に人を送り込んで入念に下調べを行なっている可能性もある。後宮は外側ほど人の出入りがあるわけではないが、宮の人事は宮の主《あるじ》任せではあるから、どこかの宮の下働きの女官が一人二人新しくなっていても見過ごされることも多い。お前は蓋頭を被っているから視線を感じにくい、気をつけろよ」

「それは……かなりの難題です」

　蓋頭がなくても、蓮珠は人の視線に疎い。下級官吏のまま十年、遠慮がない・色気がない・可愛げがないの『三ない女官吏』で知られた蓮珠は、人の視線も噂話も極力無視することに慣れてしまっているからだ。

「そのあたりは、俺か紅玉、時には義姉上がつくことになっている。ただ、見られている可能性があることを知っているのと知らないのとでは、だいぶ違うぞ」

　蓮珠は素直に頷いた。翔央もまた頷くと、手にした酒器に口をつける。

「左右龍の大陸陣取り合戦は、かなり進んでいる。東方大国の凌は龍貢と同盟関係を結んだことで国家を継続し、南方大国の華は龍義側と組んでいるらしい。高大民族の大国では我が国だけがどちら側につくかを表明していないわけだ。……もっとも、書状を送ってきた龍義は、そもそもどちら側につくとかではなく相国の領土は簒奪されたものだから返せと主張している。交渉する話にもならないがな」

交渉する話にもならないと言われ、蓮珠は首を振った。頭の中に『では、相国は戦争をするのか？』という問いをぎりぎりに抑え込んで、別の道を模索する。

「過去に、特使団の受け入れを拒否した国は、どうなったのでしょう。逆に受け入れた国は、拒否した国と扱いにどのような違いがあったのでしょう？」

翔央は、しばしの沈黙の後、蓮珠を宥める優しい口調で、残酷なことを言った。

「蓮珠、受け入れを拒否することは、栄秋に攻め込む口実を相手に与えるだけだ。我が国には、すでに戦うか明け渡すかの二択しかないんだ」

二択と口では言うが、翔央も叡明も栄秋を戦場にする気はないことは、蓮珠もわかっている。だが、明け渡すことは、郭家を絶やすことでもあるのだ。

どちらの選択であっても、蓮珠のこれからに大きな影を落とすのに、どちらを選ぶかに蓮珠が関われるわけではない。何もできないまま、目の前にいる大事な人を失うことになる。

蓮珠は、手をのばし、翔央の服の袖を握る。どこにもいかないでほしいし、どこかに置き去りにされたくない。いま離れれば、きっと二度と会えなくなる、そんな気がして。

翔央は酒器を置いた手を、袖をつかむ蓮珠の手に重ねた。

「相国は、四方大国のひとつで、高大民族の国家としては、どちらにも属していない最後の大国になる。どちらが相国を手に入れるかで、大勢が決するわけだ。だからこそ、龍義は、何が何でも相国を手に入れようと脅しをかけてきた。……片割れにしろ、李洸たちにしろ、なるべく多くのものを守るつもりで動いている。だが、今の俺にできることは、日々の些細な選択を間違えないように進むことだけだ」

蓮珠だけではなかった。翔央もまた『身代わり皇帝』でしかない。この国の行く末を選択するのは、本物の皇帝である叡明なのだ。この国を傷つけたくないし、どうにかして守りたい、その想いは、二人とも本物なのに、だ。

七夕に始まる小暑も初候の『温風至《あつかぜいたる》』から次候の『蓮始開《はすはじめてひらく》』に移ろうとしている。その次候の真ん中が中元節である。国中から人の集まる栄秋の街は、中元節が近づき少しずつ人々の帰省が始まっていた。だが、宮城内は、大陸中央からの特使団を迎えるために逆に近隣の地方官吏まで呼び寄せ、準備に追われていた。

普段は人の少ない璧華殿の皇帝執務室も、今日は常よりも人が多い。その上、なかなかない光景もあった。相国皇帝と白鷺宮がそろって、凌太子に頭を下げているのだ。

「本当に申し訳ない」

近日中に大陸中央からの特使団が来てしまうために、凌国の王太子妃となる白瑶長公主を盛大に送り出す行事が先送りになることが、朝議を経て正式に決定した。まず、相国の予算と人員の面で歓迎と見送りを同時にはできないからだ。次に、凌国は龍貢側なので、龍義側が来る時に、凌国と相国のつながりを見せつけるわけにはいかないというのがある。

「お越しいただいた時は華国が、お帰りになるときには大陸中央が。こちらがお招きした国賓は、あなたのほうだと言うのに……」

これには、白瑶長公主を娶《めと》ることで、実質両名の『義弟』となる真永のほうが慌てて頭を上げるように、二人を促す。

「どちらも急に押しかけてきたわけですから、致し方ありません。……というより、僕は、そういう間の悪さに定評があるので。むしろ、この立て続けに招かざる客が来る感じとか、全部、僕のせいかもしれませんよね」

長く逃亡生活を送ってきた真永の自虐的ともとれる発言に、双子は同時に顔を上げて否定した。

「いやいや、それは……」

「やっと顔を上げてくださいましたね。やはり話し合いは、お互いに向き合わないと」

双子が顔を見合わせて、してやられたという表情を浮かべれば、真永の傍らにいた翠玉が楽しそうに笑う。

「お二人に、こんな顔をさせるなんて、さすが真永さんです！」

「いえいえ、翠玉様。蓮珠様に比べたらまだまだですよ」

いまだ『陶家のお嬢様と家人』が抜けない二人の会話は、なぜか暢気《のんき》に蓮珠を巻き込んでいた。

「参った顔をさせられているのは、こちらなのですが……」

本日の蓮珠は、玉兎宮から決裁書類の仕分けを手伝いに来ただけの一介の女官である。皇帝兄弟の表情を変えるような不敬な言動などしていない。

なにせ、招いた客が来る時も招かざる客が来る時も、国の政は常日頃と変わらず動き続けている。相国中央機関の各部署からも地方機関からも、いつもどおりに書類は送りこまれてくるわけで、執務室内の誰かが話をしているならば、その手が止まっているあいだを補う人手が必要になる。なお、つい先ほどまで、翠玉も署名の手が足らないということで、皇帝代筆役に一時的復職をしていた。長公主が、だ。人手不足が深刻すぎる。

「問題は、右龍側の華国の立場ですね。華国が完全に右龍の下についているとなると、長公主様の存在も右龍側に知られていて、連れていかれる可能性もございますから」

李洸は、自らが鍛えあげた部下たちに決裁を任せて、政の対話に参加している。

「伯父上《おじうえ》は、翠玉を渡すようなことをするだろうか？」

翔央は、華王の翠玉に対する複雑な執着を知っているだけに首を傾げる。真永もまた李洸の懸念には否定的だ。

「一応、お祝いの品は大量にもらいましたから、僕との婚姻を認めていただいているとは思うので、左龍……あ、違った、右龍に話してはいないのでは？」

言い直してから、真永が天井を仰ぐ。

「左右龍のほうが、どちらを支配地域としているかがわかりやすくていいのですが、威国の方々の左右龍と、凌国側から見た左右龍が逆になってしまっているので、時折言い間違えますね。僕も威国にいたので、かろうじて北側から見る感覚は残っていますが」

この左右の違いは、相国が最初に左右龍の情報を得たのが威国からだったことにある。

大陸北方にある威国では中央地域を南に見るため、中央東側の龍貢が左に、西側の龍義が右になる。この呼び方が先に入ってしまったので、凌国や華国のように中央地域の東側の龍貢を右龍、西側の龍義を左龍としているのと逆転しているのだ。

　翔央が小さく唸り、叡明と李洸に提案した。

「すでに朝議でも威国式の『右龍が龍義、左龍が龍貢』の組み合わせが浸透してしまっている。……特使団の前での呼称混乱は、無礼ととられる可能性が高い。変な口実に使われないように、特使団の前では、左右でなく、なるべく名前でいうように通達しておこう」

　提案を受けて、李洸が「では、明日の朝議で」と応じたが、叡明からはなにも返事がなかった。

「……叡明、それで大丈夫か？」

　翔央が同意を求めると、少し考え込んでから叡明が顔をゆっくりと上げた。

「うん。それでいいと思うよ」

　途端に嫌そうな顔で、翔央が身を引いた。

「本当か？　お前、いいと言うより、かなり悪い顔してるぞ？」

「とんでもない。とてもいいと思っているよ。……あと、いいも悪いも、僕らは同じ顔をしているはずだけど？」

　そういうことではないのでは？　と皇帝執務室の面々の心が一つになる。なにせ、笑いかける叡明と警戒心丸出しの翔央では、まるで違う顔をしている。そう思うも、皆『沈黙は金なり』を胸のうちで唱えて押し黙る。

「主上、春礼将軍がいらっしゃいました」

若干空気が重かった皇帝執務室内に、人払いの見張りのため扉近くに立っていた冬来の声が響いた。

冬来の先導で皇帝執務室の大きな衝立の横を抜けて入ってきたのは、鎧姿《よろい》の春礼だった。

「栄秋港に置いていた斥候《せっこう》から報告が参りました。大陸中央からの特使と思われる一団が白龍河を渡っているとのこと」

報告されたのは、栄秋の街門の外、栄秋港からのものだった。

「中型船で一隻のみか。……西金の件で対岸の集落の船を潰しておいたかいがあったな。大陸中央に大河川はない。水軍はなく、船もない。大至急で手配できたのは、中型船一隻だったってことだろう」

張折の予測に、叡明が頷く。

「逆に言うと、大至急でなければ、船は華国から調達する可能性が高い。華国の水軍船は南海《なんかい》側でも東寄り、都の永夏《えいか》付近に展開している。そちらから大型船で移動してくる日数を計算させておけ。……今回はあくまでも様子見にくるだけだろうからね。前哨戦の準備段階というところかな」

二人に続き、翔央が李洸に指示を出す。

「西界《さいかい》と連携しろ。白龍河を上るなら、どうやったって南海から白龍河に入る西界の前を通っていくからな」

翔央と李洸が指示内容の確認をする間も、張折と叡明は相国を中心とする大陸西側の地図を見ながら計算を続けていた。

「大陸中央からの距離を考えると、中型船一隻に乗せてくる兵站《へいたん》を持たせた兵数は限られるが……」

「現地調達しながら進んできた可能性もあるのでは？　すでに龍義側に降っている地域を通って白龍河の岸まで来たのでしょうし」

これに翔央も元武官として意見する。

「それでも大軍を白龍河の対岸付近まで移動させるのは厳しいだろ？　大陸中央と白龍河の間には、切り立つ山々が囲っている。あれは、帝国中心地を守る天然の盾だったが、同時に外に出ていく経路は細く険しい。威国の騎馬隊さえ嫌う悪路だ。大陸中央の平地でやり合っていた奴らの馬じゃあ、あの山越えには無理がある。今回の対岸からの一団は、かなりの少数精鋭で来たと考えていいはずだ」

張折が大きく頷きながら、地図上の大陸中央を指さす。

「だいたい、大陸中央は完全に左右龍のどちらかの手に入ったわけじゃない。こっちに大軍を出せば、総大将の守りが手薄になって、相手側に叩《たた》かれる。それなりの数は、龍義の守りに残してきているはずだ」

皇帝執務室内の全員の目が、地図上にある龍義の本拠と思《おぼ》しき場所を睨んだ。

「栄秋《えいしゅう》府尹《ふいん》の欧閃《おうせん》様がお越しになりました」

欧閃は皇帝執務室の大きな衝立の横から顔だけ覗《のぞ》かせた。

「主上、街門からの報告です。……特使団、栄秋に到着します。すぐにお迎えに行かねばなりませんので、お仕度願います」

栄秋港と栄秋の街は、それほど離れていない。それでも、徒歩の速さではないから、船には馬も乗せていたということのようだ。張折と春礼が素早く視線を交わし、中型船の兵数を再計算する。

「来たか。……では、皆の者、大陸中央よりはるばるいらしたお客人を、栄秋らしくせいぜい派手にお出迎えするとしよう！」

翔央の声が、皇帝執務室内の空気を震わせて響く。開け放たれたままの皇帝執務室の扉の外にまで聞こえただろう、彼らしいよく通る声だった。それが誰に聞かせることを意識したものだったのかは問うことなく、皇帝執務室の面々は互いに視線を合わせて無言で頷くと、身支度を始めた。

第三章　荷花灯、竜爪に相見す

蓮珠は、翔央とともに特使団を迎えるために栄秋の街門の楼観《ろうかん》から、相国皇帝と皇后として、栄秋に近づきつつある一団を見下ろしていた。

「五騎、それぞれに従卒が各二名。小隊程度か。斥候部隊というところか。……李洸、例の件は？」

翔央は近づく一団を見据えたまま李洸に問う。李洸は、後方の部下に視線で確認してから、跪礼した。

「準備は万全にございます、主上」

これに頷いた翔央が大きく息を吸った。

「遥《はる》か内陸より、ようこそ栄秋へ！」

翔央のよく通る声が、あたりに響く。仰ぐつもりがなくても、特使団の彼らも楼観を見上げざるを得ない。

「栄秋の心よりの歓迎を、どうぞご覧あれ」

大道芸の前口上のように自信たっぷりの笑顔で言うと、閉ざしていた街門を開かせた。途端に、街の音が門の外へと溢《あふ》れ出し、誘い込まれるように特使団が門をくぐった。

街門から宮城へと向かう大通りは、特使団を迎える栄秋の人々が隙間なく並び立ち、歓声とともに花弁や紙吹雪を舞わせる。相国の白だけでなく、大陸中央を象徴する黄色も混ざっていた。明るく軽快な笛や太鼓の音が、特使団の歩みを促す。

そのにぎわう大通りから一本ずれた裏道を、皇后を後ろに乗せた馬が走り抜ける。騎手は驚きの皇帝陛下だ。続いて、冬来と叡明、李洸、張折と続く。

「李洸、欧閃への指示は？」

「抜かりございません。引き続き、栄秋港、街門での監視をお願いしてあります。もし、最初に栄秋入りした特使団と分けて中央から来る者があれば、丁寧かつ速やかに宮城へ案内すること、その時、大通り以外には行かせないことを徹底するよう言いつけております」

栄秋の大通りに隙間なく人の壁を作り、特使団に斥候として機能させないこと。それこそが相国側の狙いだった。この人の壁の中には、諜報活動を専門とする皇城司《こうじょうし》が何人も混ざっている。門から入ってきた特使団全員の顔を覚えることで、彼らが栄秋の街人に紛れ込むことができないようにするためだ。

「それでいい。大陸中央からの特使団には、栄秋の表側、それもこちらの制御下にある場所だけ見てもらう。斥候部隊としての役割は、かなりそぎ落とせる。この狙いは、宮城で待機している皇城司も含め今回動かす全員で共有しろ」

冬来の後ろに乗る叡明が、馬に揺られながら李洸に指示を出す。しがみついて揺れを抑えて、なんとか話しているが、声も微妙に揺れている。

同じ文官系でも元軍師はさすがに騎乗に慣れていて、張折は李洸に声をかけながら馬首を傾ける。

「李丞相、俺らは西門から入ろう。俺が宮城側を回って、どこを見せてどこを見せないかを徹底指導してくる。李丞相には皇城側はお任せしてよろしいか？」

「承りました。……主上、特使団が白奉城の南門を入ったら、白鷺宮様が、そのまま謁見用の虎継殿《こけいでん》に先導します。主上と皇后様は虎継殿にてお迎えください。虎継殿の準備は、白染殿《はくせん》と秋徳殿《しゅうとく》にお願いしてありますので、お二人は馬上で乱れた衣服を整えることに集中してくださいね」

言い終えた李洸が、すでに速度を上げて西門方向へ向かう張折の馬の後を追う。

「……となると、最奥まで行くのは、俺たちだけということか。では、冬来、我々も速度を上げ、急ぎ城に向かうとしよう。皇后よ、しっかりつかまっておけ」

馬首を進む方角に向けると、翔央は白奉城正面の南門でなく、東門方向に栄秋を駆け抜ける。

「宮城側は、出迎え準備で人が行きかっているし、街門から大通りと同じく、虎継殿へ向かう道の両側は、官吏の壁を作るように言ってある。西門は張折先生と李洸が向かった。

なら、俺たちは東門に回って入るほうが皇城の門まで馬の速度を落とさずに行ける」

なめらかな口調で説明されても、蓮珠は急には答えられずに、速度を上げた馬の上で翔央にひたすらしがみついていた。

「よ、よく……この、揺れで……しゃ、しゃべれ……」

ダメだ。縦揺れはどうにもならない。しがみついてなんとかなる気がしない。馬術は、官吏に必須の六芸の一つだ。蓮珠だって乗れなくはない。ただ、これは文官が乗る速さではないというだけだ。きっと官服じゃないから、軸が安定しないのが悪いのだ……などと自分に言い聞かせたところで、しがみついている相手も馬に乗るような格好ではない。

「こんなものは慣れだ。駆ける馬上でまともに話せないようでは、武官名は名乗れない」

どちらにしても、いまの翔央の格好で武官名の郭華《かくか》を名乗るわけにいかない。

身代わりとはいえ、皇帝と皇后が馬に乗って爆走中というのは、本当に大丈夫なのだろうか。激しく揺れる馬上で体の節々が痛むが、なにより頭が痛い。

栄秋の街の者も、宮城内を駆け回っている官吏たちも走り抜ける馬上の人物が誰かなんてハッキリと見えないから問題ないというのが、移動手段を決めた翔央と冬来の主張である。運んでもらう側である蓮珠にも叡明にも決定権はなく、反論できる雰囲気でもなかった。元軍師の上司には期待していなかったが、同じ側かと思っていた李洸は反対してくれると思っていたのに。

「さすが相国史上最年少で丞相の地位に昇っただけあって、完璧人間すぎる……」

多少の憤りを含めて呟けば、聞こえていたらしい翔央が小さく笑う。

「……ところで、蓮珠、特使団の印象はどうだった？」

東門が見えてきたところで、翔央が尋ねてきた。この速度で駆ける馬の上で交わされる会話を聞き取れる者もいないだろう。皇帝と皇后の格好はしていても、会話はくだけたものになっていた。

「ほとんどの者が街門を見上げて、歓喜の表情をしていることに驚きました」

街門を見上げる特使団の面々は、見開いた目を輝かせていた。まるで新しいおもちゃを与えられた子どものように。とても斥候として来ているようには見えなかったし、一国を奪いに乗り込んできたようにも見えなかった。

「戦争続きの大陸中央では、相国建築のような高さのある建造物は珍しいのではないか。木で組んだ物見櫓《ものみやぐら》や簡易的な城門がせいぜいだろう。相国の建物は、国土のほとんどが高地・山岳地帯で人が住める土地が少ない分、どうしても背の高いものが多い。技術の国、凌国も都は背の高い建物が多いと聞くが、大陸中央でも西側に陣を張る龍義軍の者は、見たことがないはずだ。栄秋と同じくらい栄えている街を見たとしたら、同盟関係にある華国の都の永夏だろうが……平野の占める割合が多い華国では、平たく大きい建物が主流だという話だからな」

そうか、初めて見る高い建物だったから、あんな無邪気な表情をしていたのか。

なにも知らなければ、栄秋の街の人々と同じように、初めて栄秋を訪れた観光客を笑顔で迎えられたかもしれない。高く大きな街門に驚き、街に入ってはにぎやかな大通りの栄えた様子に感激する彼らに対し、誇らしげに街を案内しただろう。

「……どうせなら、街門を睨みつけてほしかったです」

しがみついた背中に頬を押し当て、蓮珠は小さく呟いた。

醜い想いだ。この国を脅かす彼らを憎んでいたいから、楽しそうな顔など見たくない、そんな自己都合でしかない。

前に回していた手に、翔央の大きな手が重なり、優しく撫《な》でて離れる。

蓮珠は強く目を閉じ、いっそう強く彼の背にしがみつく。

優しくなんてしないでほしい。……わたしを置き去りにしようとしているくせに。

飲み込んだ言葉もまた、自己都合でしかない醜い想いの塊《かたまり》だった。

虎継殿は、白奉城全体の中央に位置する朝堂の裏手にあり、国賓謁見や小規模の宴の会場として使われる。朝堂と同じく、最奥に床から数段高くして玉座を置いた場があり、国賓は等しく玉座を仰ぐことになる。それが気に入らないのか、特使団は虎継殿に入っても跪礼することなく、立ったままだった。あの華王ですら、一度はこの場所で跪礼しているというのに、だ。

礼儀とは、服従だけを示すことではないはずだ。蓮珠は蓋頭の下から、冷めた心地で特使団の様子を見ていた。特使団全体の落ち着かない様子から考えるに、彼らだって礼儀はわかっていて、立ったままの状態に居心地の悪さを感じているようだ。彼らの視線は、さきほどからちらちらと集団の先頭に立つ男の顔を窺《うかが》っている。そのせいで、この場にいる相国側の人間も、ついその男に目が行く。

軸のぶれない立ち姿に鎧を着こんだ年の頃、四十代半ばの男性。身長はやや小柄……というのは、双子を中心に大陸南部の背の高い人々を見慣れている蓮珠の感覚の問題で、特使団の他の者たちとあまり変わらぬ身長なので大陸中央の者としては平均的な背丈なのだろう。パッと見には丸顔に団子鼻の愛嬌《あいきょう》のある顔立ちなのだが、毛量が多く鋭い弧を描く眉と眼力の強い目は、最前線に立つ武官の圧を感じる。重文軽武《じゅうぶんけいぶ》の相国では、皇城まで入れる武官は数えるほどしかいない。この男は特使団を率いてこの場に立てる、かなり上の地位にありながらも、疑いようもなく戦いに身を置く者の空気をまとっていた。

見られている男のほうは、この状況で一人落ち着いている。部下の視線も相国側の視線も堂々と無視している。せめて、部下の動揺を鎮めるくらいのことはすればいいのに。相国側は、いつまでも跪礼しない特使団に動揺する面々を、李洸が視線ひとつで鎮めた。さらに、それを無言で玉座に一礼して報告する。玉座の人は肘掛《ひじか》けに置いていた右手の指先を軽く一振りして返した。それを見たせいもあって、この特使団は統制の取れていない集団だという印象を、蓮珠は受けた。

誰も声を発しないまま時間が過ぎていくばかりだったが、唐突に、特使団側から声が上がった。

「中央の覇者龍義様の使者で、袁幾《えんき》と申します」

この時、当然ながら相国側は玉座に向かい言葉を発することを許していない。瞬間ざわついた虎継殿を、玉座の人が肘掛けを人差し指でコッンと叩いて黙らせた。

ざわめきの中、軽く肘置きを叩いたくらいでは本来は気づかない。同時に虎継殿の隅々にまでパッと拡がった威圧のせいだ。玉座に連なる者の圧を知っている蓮珠でさえ、呼吸が一瞬止まった。袁幾と名乗った男以外の特使団の者たちは、思わず床に膝をつきかけて、半端な姿勢のまま固まっていた。

空間を緊迫した空気で満たしてから、少し間をおいて、今度は玉座からの低くぼそぼそとした声が虎継殿に拡がる。

「袁幾か、覚えておこう。……ところで、大陸中央の覇は、まだ決していないと認識しているが？」

一人不動の袁幾に、今上帝定番の皮肉がふりかかる。

「大陸西側が正統な王に返されるのですから、覇は決したも同然でしょう」

応じる袁幾もまた皮肉を込めていた。だが、玉座を見上げる側にいる分だけ分が悪い。その分の悪さを補うように、玉座の一段下に置かれた椅子に腰かける蓮珠のほうに顔を向けてきた。

「それにしましても、この高大民族の高尚なやりとりの場に、相応《ふさわ》しくない者が居るようですが？」

その視線に、蓮珠は侮蔑《ぶじょく》ではなく明確な憎悪を感じた。おかしな話だ。特使団が街門を睨みつけてくれればよかったのにと思ったが、まさか虎継殿でこんな風に睨まれることになるとは。

困惑に反応が遅れた蓮珠に代わり、玉座の翔央が抑えきれない笑いで喉を鳴らした。

「なにがおかしいか？」

袁幾の声にも顔に動揺が出ている。彼が思っていたのと違う反応だったのだろう。

「いや、すまない。大陸中央の方々は、どうやら高大帝国崩壊の日で時間が止まっているようだと思ってね」

わずかに出た翔央らしさが引き、叡明に似た口調が戻る。

「いまや威国は、凌国と我が国との貿易を確立し、この両国を経由して直接国交がない華国にも販路を広げつつある。威国は商業的な交渉ができる相手であって、どこぞの、武力頼りの野蛮《やばん》な国家ではないのだが？」

これに憤ったのは、袁幾でなく彼の後ろにいた者たちだった。

「無礼な！」

だが、その反応は自分たちが『武力頼りの野蛮な国家』と認めてしまっているようなものだ。煽りを返されたとわかっていて無反応を貫いているのは、袁幾とあと二人程度。やはり、統率が取れているとは言い難い。

「たしかに、これは礼を欠いた。まだ国ですらなかったな」

玉座に近づこうとする者が出るに及んで、ようやく袁幾が部下を制止した。同時に李洸も玉座にそっと進言する。

「主上、そのあたりで……」

「ふん。では、あとはお前に任せる」

普段よりずっと雑に丞相に丸投げした皇帝が、冷めた目で特使団を見下ろしている。

「到着したばかりでお疲れでしょう。疲れると人間苛立《いらだ》つものです。本日は、ごゆっくりお過ごしください」

李洸は李洸で、普段の五割増しの穏やかな笑みを浮かべていた。

「国交あっての使者ではないので、両国の交流を目的とする宴のようなものは行ないませんが、相国皇室として歓迎の意を示し、宴の場として栄秋一の酒楼を貸し切りましたので、今宵はどうぞお楽しみください」

歓迎の宴に特使団の態度が一変する。栄秋でも最も栄えている大通りを宮城まで進んできたのだ。胃袋を刺激する美味《おい》しそうなにおいを何度も感じたはずだ。大陸中央からここまでの険しい道では、到底味わえなかった豪華な料理を想像したことだろう。宴と聞いて期待するのも無理はないし、この国はその期待に応える料理を出せる。

「ありがたくお受けいたします！」

袁幾が止める間もなく、特使団の大部分がその場に跪礼した。翔央が玉座の肘置きを力いっぱい握って笑い出すのを耐えているのが、蓮珠の視界の端に映った。翔央同様笑いに耐える蓮珠は、暑かろうと寒かろうと蓋頭は外すまいと、今日ほど強く思った日はなかった。空腹は、上官の指示を容易《たやす》く打ち砕くようだ。これが俗に言う『胃袋をつかむ』というやつだろうか。手にした絹団扇の裏、耐えきれなかった笑いが小さく漏れた。

特使団が栄秋入りした翌日の夜。栄秋の夜灯りを遠目に見つめ、蓮珠は玉香の報告を聞いていた。

「殺伐とした中央地域では味わえない享楽に、特使団の方々は、緊張感を早々に失っていらっしゃるご様子にございます」

そもそもなにか交渉を行なうという話もなかったので、相国側は、大臣や将軍職にある人物など、特定の誰かが任じられるわけでもなく、わりと自由に特使団の人々を栄秋の街に連れ出し、接待の酒宴を設ける予定だという。

大陸でも五本の指に入る貿易都市栄秋の歓楽街は、一日二日程度で回り切れるほど狭くない。何日間かはその状態を続けるのだろう。

「それは、主上と李丞相のお考えに沿ったものなのでしょうか？」

玉兎宮の正房の中でも奥まった場所であっても、どこにあるとも知れぬ侵入者の耳を考えて、蓮珠はあくまでも威皇后として玉香と話していた。

「おそらく。……特使団はいくつかの茶館や酒楼を回っておりますが、どこも城側とつながりのある店にございますから」

玉香もまた慎重に言葉を選び、声には出せぬ分を紙片に記したものを差し出す。

報告は続き、彼らの今日一日の行動を聞く。

昨晩の歓迎の宴を楽しんだ特使団の面々は、二日酔いに痛む頭を抱えながらも朝餉を食しに栄秋の街に出ていき、張折の紹介で残った酒気も吹き飛ぶ栄秋一の朝粥《あさがゆ》の店に入ったそうだ。そこから栄秋観光者向けの轎《きょう》に乗り、名所めぐりを楽しむうちに昼餉の時刻となり、栄秋府尹の案内で相国南部の魚料理が食べられる店へ。昼下がりには、許将軍の声掛けで、武人でも気軽にお茶と軽食を楽しめる下町の茶館に。夕刻からは、春礼将軍が武人の腹を満たす北部料理の定番豪快羊肉づくしで相国側武官たちと食べ比べをしているそうだ。

「……皆様、お楽しみのご様子でなによりです」

なんともモヤッとする話だ。まず、特使団は本当に何しに来たんだろうか。話し合いに来たわけでもなく、斥候としての動きをこちらが抑え込んでいるとはいえ、やっていることは完全に観光だ。栄秋大満喫ではないか。

「まあ、その昔、大陸西側は『四方麗景《しほうれいけい》』といわれて、高大帝国の貴族たちの避暑地として、おおいに栄えたと聞きます。夏の大陸中央の酷暑を避けて、涼しさ求め相国に来たのかもしれませんね」

半ば自分に言い聞かせていると、明るい声が飛び込んできた。

「どうした、憂い顔だな？　我が妃よ」

「主上！　お渡りでございましたか、お迎えにもあがらず、申し訳ございません」

現れた翔央に、玉香も慌てて謝罪し、その場に跪礼する。

「先駆を出してなかったのはこっちだから、気にするな。通りがかりの女官にでも頼むつもりだったが、今日は人が少ないのか？　誰とも会わずにここまで来てしまった」

「重ねて申し訳ございません。七夕が終わり、十五日には中元節ですので、実家が遠方の女官から順に里下がりをさせておりまして……」

蓮珠も謝罪する。元の予定では七夕のすぐあとに翠玉が凌国に向けて旅立つ出立式が行なわれるはずだった。そのため、女官たちには、そのあとに順次里下がりできるように手配していたのだ。だが、大陸中央からの特使団が来たことで出立は延期。延期であって中止ではないから出立式本番には、女官全員がそろっていないと困る。そこで、できるだけ早く戻ってこられるように、一気に里下がりを許可した。

ゆえに、玉兎宮は通常より人が少ない。その上、玉香と話すため、その宮に残していた少ない女官も夕餉の支度に向かわせていた。

「そうか、中元節だった。色々ありすぎて、少しばかり失念していたようだ」

中元節は、地府（冥府）の門が開き、死者の魂が家族の元に戻って来る日と言われている。そのため、中元節には家族がそろって、祖先の霊をお迎えし、お祀《まつ》りして、期間が終わる七月末には、再度地府へ送り出すことになっている。

「……開いた地獄の門から、いったい誰が文句を言いに帰って来るやら。心当たりが多すぎて、厭になるな」

翔央が蓮珠の立っていた裏扉から夜を眺めて呟く。きっと、英芳《えいほう》のことを思い浮かべているのではないだろうか。

双子のすぐ上の兄で、先帝の第二皇子だった郭英芳は、帝位簒奪を狙った大逆の罪により処断された。二度目の大逆のその時、玉座で兄の英芳に切っ先を向けられていたのは、身代わり皇帝の翔央だった。そして、翔央を庇《かば》い、兄をその手で処断したのが、翔央と入れ替わっていた叡明だ。この件に関して、叡明は、こうするよりなかったとしている。それでも、翔央が、あの時もっと違う結末があったのではないかと思い返していることを、蓮珠は知っている。

蓮珠は翔央の隣に歩み寄ると、そっと彼の手に自分の指を絡ませた。

「翔央様、わたしも一緒に文句を聞きますよ……」

彼にだけ聞こえる声で、そっと囁く。

月明かりに、寄り添う二人の影が白壁に映った。

「……特使団の方々は、こんな時期に故郷の大陸中央を遠く離れた地にいらしていて、良いのでしょうか？」

夏の青い夜を見上げ、蓮珠はふと思い浮かんだ疑問を口にしてみる。

「長く戦いに明け暮れてきたんだ。俺と同じで、会いたくない者を避けて、こんな遠くまで来たのかもしれないな」

鼻先で笑う声は、先ほどよりは彼らしい調子を取り戻していた。

「ここに来る前に春礼将軍の部下の途中報告を聞いた。特使団の者たちは、日ごろからため込んでいる憂いを酒楼でまき散らしているらしい」

まき散らす愚痴には、これまで手に入りづらかった大陸中央の情報が詰まっている。あちら側の顔ぶれは、すでに皆が認識している。だが、こちら側の顔ぶれを彼らはまだ覚えきれていない。そのために、張折、欧閃、許将軍、春礼将軍とこちら側は主催者を変えているのだ。主が変われば、自然と部下も変わる。主が宮城に戻るそぶりを見せないことに油断している裏側で、たくさんいる部下の一人が、情報を持って皇帝執務室に戻って来るという形式だ。

「叡明の策は功を奏している。……ただ一人を除いてな」

ため息をついた翔央が、蓮珠の肩に頭をこてんと乗せる。

「もしや、袁幾殿ですか？」

長身の翔央が無理な体勢にならないよう背伸びしていたが、蓮珠が無理していると思ったらしく、頭を上げた彼は蓮珠を背後から腕の中に抱きこむと耳元で話した。

「ああ。肝心の特使団の団長の腹積もりがまるで見えない。あと、素顔を見せてそうで見せてない感じがするのが二名いるな。どちらかは確実に袁幾の側近だと睨んでいる」

袁幾とほか二人と言われて、虎継殿で袁幾と同じく冷静を貫いた二人を思い出す。袁幾を含むほかの特使団の者たちより身長が高く、体格も良かった。

「お二人とも、大陸中央の者という感じはしませんでしたね」

「ほう、あの二人を覚えているか？」

声がよく通ることを自覚している翔央は、少し掠れた小さな声で感嘆する。

「ええ。あの中では、目立っていましたから……」

蓮珠の耳に温かな息がかかった。くすぐったさに首をすくめると、翔央がさらに耳の側《そば》で囁く。

「袁幾より先に、あの二人を切り崩すことになるかもな」

真面目な話だ。蓮珠は必死に耳にかかる息のくすぐったさに耐えた。

が、その耳に、プッと噴き出す音が入る。

「もうっ！　わざとやらないでください！」

振り向いて抗議する蓮珠と本格的に笑いだした翔央の前には、無言で夕餉の準備を進めている玉兎宮の有能な女官たちがいた。

特使団の栄秋入りから三日目。本日の接待は李洸が担当することになっている。

そのため、皇帝執務室には皇帝、叡明、張折が待機して、李洸の部下からの報告を聞いていた。

「李丞相が接待役とは意外です。そのうち、白鷺宮様もお出ましに？」

今日も今日とて、皇帝執務室で書類仕分けをしている蓮珠は、李洸の部下が部屋を出ていくのを見送ってから、その疑問を口にした。

「陶蓮には、僕が接待する姿が想像できるんだ？　僕にはできないけど？」

手元の書類から目を上げもせずに返された。言われると接待役に徹する叡明は、想像がつかない。だが、皇帝とは、ある意味、多方面で接待する側にあるとも言える気がするのだが。

「おいおい、俺だって接待に向いた性分じゃねえぞ」

卓上に広げた大陸全体の地図を見つめ唸っていた張折が顔を上げた。

「先生は接待じゃなくて交渉ですから。交渉は軍師の得意分野のひとつでしょう？」

「元軍師だ。……ったく、よく言うぜ。交渉する気がない奴らをどうにかしろと丸投げしといて」

げんなりした顔の張折が、再び地図を見下ろす。

李洸の部下が持ってきた話には、陣取り合戦が全体としてどのくらい進んでいるかではなく、どちらがどの程度進んでいるかという情報に近づく内容があったらしく、張折は卓上の地図に色の異なる小さな旗を置いては、勢力の見極めを計ろうとしていた。

「あちら側の話し合いをする気がない状態に、変わりはなく？」

蓮珠が同じく書類仕分けに駆り出されている翔央に尋ねたが、皇帝執務室内に調子が異なる唸る声が三つ重なる。中でも特使団をどうにかしろと丸投げされている『元軍師』は、大げさなため息をついた。

「特使団の連中は、なんの疑問もなく飲み歩いてやがる。ありゃ、おそらく本当に観光に来ただけの連中だ。なにせ、本命の袁幾は、酒楼どころか栄秋の街に出ることなく、宮城内を見て回っているからな。……全部署に、見せていい範囲を言っておいてよかった。一応、行部《ぎょうぶ》の者を日替わりで案内役としてつけている。全部署の職掌を把握しているのは、うちぐらいだ。あいつらに現場判断させているから、どうにかなるだろう。部署から人出している分だけ、黎令《れいりょう》の負担が増してはいるが、何禅《かぜん》が死なない程度で休ませているはずだから何とかなるだろう」

黎令は、行部次官で蓮珠の元同僚で、何禅はその副官だ。蓮珠が在籍していたころの行部でさえ、日々の仕事を回すのに大変な思いをしたわけだが、いまや同じく次官だった蓮珠は後宮女官に、長官の張折は皇帝執務室に入り浸りである。中元節には、黎令が恨み言を言いに現れる側になっていないことを祈る。切実に。

重なった唸りの中でも、やや軽めだった翔央が思いつきを口にする。

「宮城内で目をつけた官吏を、大陸中央に引き抜こうって魂胆ではないのか？　西金の件で世話になった集落があったろう？　俺たちが大陸中央の動きに注視することになったのも、あの集落から官吏として使えそうな人間をごっそり連行したって話があったからだ。明賢が集落の者と手紙のやりとりをしている話を聞いた。集落の者がだいぶ戻ってきたそうだから、連行した龍義側では官吏として使える人材が不足しているんじゃないか？　なにせ、相国の官吏は有能だからな」

そういう見方もあったか、と蓮珠は感心する一方で、官吏全体が褒められたことを誇らしく思ってしまう。元官吏でしかないのに。

「どうだろうな。文官の引き抜きが目的なら、もっと文官寄りの人間に見極めをやらせると思うけど」

叡明に同意して張折が、書類仕分け担当の二名に講義を始めた。

「いいか、元軍師で今は文官の俺がハッキリ言う。武官の視点と文官の視点は違う。元武官、頭冷やして思考だけ白鷺宮に戻してみろ。同じこと言えるか？」

抱えていた書類を一旦手放し、翔央が天井を睨んでいる。

「あー、場所を見て回るとしたら、効率よく宮城内を制圧するならどこが警備手薄か、とかを考えますね」

彼を真似《まね》て蓮珠も手にした紙の束を置いてみたが、優れた武人でもある威皇后の思考にはなれそうになかった。

「陶蓮、お前さんは根っからの官吏だ、切り替えはできねぇよ。俺は官戸（官僚を輩出する家）に生まれ育ち、軍師をやったうえで、いまや官吏だ。政治と軍事の間を行ったり来たりしているから切り替えられるだけだ。むしろ……」

張折の視線が、翔央を見てから叡明を睨む。

「……なるほど。武官の郭華殿は小隊を率いたこともあったな。自身が戦うだけでなく、兵を率いて戦ったこともあるわけだ。そのうえ、いまや政を行なう側の思考にも切り替え可能になったわけか。なかなかオソロシイモノを作るね、我が弟子も」

　叡明は口の端に笑みを浮かべるも、なにも答えなかった。

「……怖いのは二人のほうだと思うが。で、その二人は袁幾の狙いをどう考えているのかは聞かせてくれないのか？」

　翔央の問いに、ようやく叡明が書類から顔を上げた。

「僕から見た印象だけど……、もし、袁幾が『文官が不足している』と考えているなら、やろうとするのは、引き抜きでなく奪い取る、だと思うよ」

　叡明は、説明はこれで充分という顔をして、また書類に目を通し始める。心なしか『こんな雑談で書類分けの手を止めるな』と言われている気がして、とりあえず作業を再開しながら、張折の見解を待つ。張折は地図を睨みながら、つらつらと話し出す。

「そうだな。あれは、陶蓮と違って根っこが武官だ。引き抜きなんて交渉ごとはしない。相手の意志も関係なく奪うだろうな。……武官には腕力にものを言わせて目の前の戦いに勝つだけの強さを持っている奴は、まあそれなりに居る。けど、勇猛果敢な武官がたくさんいれば、それで戦争に勝てるってもんじゃない。目の前の『戦い』でなく『戦争』を勝つためには、自国・敵国ばかりか周辺国を含む全体を俯瞰《ふかん》し、長期的な計画が立てられる強さが必要だ。そのためにいるのが兵を束ねる将軍であり、戦争全体を見通す軍師なんだが、どうも袁幾は将軍や軍師の類には見えないし、あの小隊を率いているようにすら見えないんだよなぁ。本当のところ何をしに来たんだか、腹の底が見えてこない」

張折が地図に書き込みを入れる筆の尻《しり》で髪の際を掻《か》く。元上司の愚痴は、行部時代も作業をしながら聞いていた。その流れで、なんとなく蓮珠も話を聞いていて思いついたことを軽く返した。

「ああ、わかります。統制ができていないんですよね。特使団の団長なのに、団員を制御する気がないみたいに見えます。本当の立場は逆転しているみたいに」

唐突に叡明が椅子を立った。軽く返したのは、さすがに失礼だったか。蓮珠は思わずその場に跪礼した。

「ようやく、つながった。よくやった、陶蓮。お前の観察眼に後ほど褒美を出そう」

想像と違い、叱責でなくお褒めの言葉が降ってきた。

「すごいぞ、蓮珠。……そのからくりは考えなかった。なるほど大陸中央もなかなか考えるものだな。そんな仕掛けをしてきたか」

翔央は残りの書類を机の上に置くと、すぐさま叡明のほうに駆け寄り、同じく地図を放り出して駆け寄った張折を交え三人で話し始める。

「えっと……？」

一人、取り残された蓮珠だったが、すぐに次の動きが決まったらしく、叡明が翔央に口頭で指示書を書かせ始めた。叡明のあの字では指示書は難しいからだろう。翔央に似た字も書けるはずだが、おそらく急ぎで書くと、例の、到底字とは思えぬ悪筆が出てしまうのだ。一刻を争うなら、翔央が書いたほうが確かに早い。

「大至急で大陸史編纂《へんさん》室に確認させろ。わざわざ偽名は使わないだろうから、出てくるはずだ。姓をたどるでもいい。今の位置づけもだが、できれば、高大帝国時代の政治的位置づけも探すように言い添えてくれ」

叡明が急いで翔央に書かせたのは、特使団の人物の名前の一覧だった。

「陶蓮、よくやった。連日、部下だけを栄秋で遊ばせて、なにを狙っているのかと考えていたが、思えばあの国は高大帝国を引き継いだ国だった。大陸有数の貿易都市の視察に、貴族どもが行きたがらないはずはない」

張折が満面の笑みで、蓮珠を労《ねぎら》った。

「え？　袁幾と特使団の者たちの立場が、本当に逆かもしれないってことですか？」

自分で言ったことではあるが、蓮珠からしたら統率のない集団への単なる感想であったので、三人の話にまったく頭がついていかない。

「そうだ。たしかにそれなら納得がいく。袁幾は、手のかかる貴族たちの引率役だったわけだ。酒の席で、あけすけに龍義の愚痴を言えたのも、彼らが本当の意味で部下ではないからだったんだな」

蓮珠と違い、翔央は色々と納得ができているらしい。

「なんのために、そんな引率を……」

眉間《みけん》に皺《しわ》を寄せた蓮珠に、叡明がスパッと断言する。

「特使団を歓迎しない相国側に殺させるため、だね」

「……殺させるために、わざわざ送り込んできたのですか？」

自国の人間を死なせるために送り出す。蓮珠には理解できない考えだった。

「いま確認するように指示を出したが、おそらく特使団を構成しているのは、龍義側についている貴族とその護衛だと思う。しかも、貴族の中でもそれなりに玉座から近い者たちではないかな。協力体制にあるが、同時に覇権が決まったときに龍義にとって邪魔になる存在ということだ。交渉する気もない、自分たちを追い出そうとするだけの特使団を歓迎する国主は、本来いないだろうからね。あわよくば、『使者の首を切って返す』なんて、古式ゆかしい戦争の始まりを期待していたんじゃないかな」

自分の手を汚さずに政敵を消すため。そこまでくると蓮珠でも理解できる話にはなったが、それでも、わざわざ他国に送るなんて面倒を選ぶだろうか。

蓮珠の疑問を見透かしたように、翔央が叡明の言を肯定する。

「そうすれば、相国に仕掛ける戦争に大義が生じるからな。……無論、彼ら自身は、龍義から栄秋観光を楽しんでくるように言われて来ただけだと思う。そして、現在栄秋観光を楽しんでいるわけだが。これの利点は、残された貴族配下の勢力を丸ごと引き継げることにある。なんなら弔《とむら》い合戦だと士気の高い彼らの配下の者だけを栄秋に送り込み、自身は高みの見物なんてこともできるな」

張折は、叡明から紙をもらい行部宛ての指示書を書き付ける。

「行部の奴らをつけといてよかった。あいつら、権力だとか金でとりこまれるような性分じゃないからな」

「そうですね。最初の仕掛けに失敗した以上、袁幾は、なんらかの形で相国側に、戦争の大義につながる失態を誘発しないといけない。栄秋を見た袁幾は、街の人々が皇帝の絶対統制下にはないことに気づいたはずだ。そうなると、相国側の失態は皇城内、あるいは宮城内で起こらないと、国としての失態ではなくなると考えるでしょうから」

そうか、これは榴花《りゅうか》公主の時と同じやり方だ。蓮珠は、相国の皇城内で危ない目に遭わせるために送り込まれた華国の公主を思い出す。同時に、それを成立させるために華国と通じていた、都水監《とすいかん》の存在も。相国の皇城、宮城で何か事を起こすなら、どうしても相国側の人間を巻き込む必要がある。そうでなければ入れない場所や、手配できないものがあるからだ。……ということは、龍義側に策を与えたのは、もしや華国？

「ようやく陶蓮にも見えてきたかな？　宮城内を回って、袁幾が探しているのは、たしかにある意味『引き抜き』だ。ただし、大陸中央で仕事をさせるために連れていくんじゃない。宮城内で騒ぎを起こすため、その場限りの仕事をさせる人間だ」

すでに潜り込ませているかもしれない者とは、また別の者を手先に使おうとしているということか。

「行部のみんなは、本当に大丈夫でしょうか……？」

蓮珠にとって、彼らは大事な存在だ。官吏を離れた今でも仕事仲間である感覚は残っている。清明節《せいめいせつ》の時期に起きた贋金《にせがね》事件の時も思っていたことだが、行部に何かあれば、できる限り助けになりたいと心の底から思っている。

「大丈夫だろ。あいつら、本当に権力にも金にも靡《なび》かねえから。もっとも、行部以外の連中を狙うにしたって、そもそも大陸中央から持ってきた金銭じゃ、通貨の信頼度が低すぎて相国じゃ通用しねえから、誰も相手にしないと思うぜ」

たしかに、まともな国として成立していない大陸中央の通貨では信頼度が低い。相国ではかなり低い扱いになるだろう。

「それは、あちらも解っていることでしょうから、通貨ではなく、価値が安定している金や銀を持ってきている可能性があるのでは？」

「いや、そもそも武官は余分な金銭を持ち歩かねえ。戦場じゃ、狙われる理由になることはあっても、助かる理由になることは少ない。命乞いに金銀を差し出すなんて考えるなよ。殺して奪えばいいと思われるだけだ。最前線で馬に乗る奴は少しでも身軽にしとかないと、馬の負担にもなる。大陸中央からの旅路に加えて、白龍河を越えてきたんだ、重量には、そうとう気を使ったはずだ。本気で逃げなきゃならない時に馬が疲労蓄積で動かないなんて、最悪だろ？」

蓮珠が翔央の顔を窺うと、彼は張折の言葉を肯定して頷いた。張折は、戦争孤児であっても、戦場に立ったわけではない蓮珠に教えてくれる。

「いいか、陶蓮。戦争ってのは、勝って確実に得るものが得られない限り、たいてい損するようにできている。だって、そうだろう？　戦場では、そこにあるものを破壊するか、持ってきたものを消耗するかしかない。ほぼすべての生産性は失われているんだ、買うものがないのに金を持っていたって意味がない」

戦場にあるのは、破壊と消耗だけ。蓮珠の脳裏に、どうしても焼け落ちていく故郷白渓の姿が浮かぶ。

俯く蓮珠の手元から、翔央が書類の束を持っていく。

「蓮珠、少し休憩してはどうだ？」

彼の気遣いに感謝するも、それに甘えるわけにはいかない。

「大丈夫です。……そろそろ李洸様もお戻りになるでしょうし、それまでに今ある分だけでも終わらせないと」

李洸が戻れば、翔央だって書類仕分けなどしている場合ではないだろう。作業の続きは蓮珠一人になるのだから、今この時に頑張るほうがいい。

気合を入れ直す蓮珠に、翔央が微笑みかける。

「仕分け作業を急ぐことはないぞ、蓮珠。あちらの狙いがわかった以上、李洸の報告はだいたい見えている。李洸が相手をしているのは、大陸中央からいらした観光客でしかないからな。まあ、そういう意味では、袁幾以外の者たちは当初の狙い通りの効果がちゃんと出ているとも言える。彼らに対しては、このままのやり方で進めるのがいいだろう」

一連の特使団歓迎には、狙いがある事は聞いていたが、具体的に何を狙っているのかまでは、蓮珠も聞かされていなかった。『国家機密に関わらない場所であれば宮城内でも見せていい』や『大陸中央の情報をできるだけ引き出す』は、その狙いのための中間目標でしかないというところまでしか聞いていない。

「その……効果というのは、どういったものなのでしょうか？」

まだ聞かせてもらえないかもしれないと思いつつも、蓮珠は尋ねてみた。この場合、蓮珠に聞かせていいのかを判断するのは叡明なので、叡明に尋ねる。叡明は傍らの冬来に、人払いが徹底されていることを確認してから、蓮珠の問いに応じた。

「簡単に言うと、栄秋という街に価値を感じさせることだよ」

簡単すぎて、理解が追いつかない蓮珠に、翔央が補足する。

「最終的な目的は、彼らが『栄秋は攻め滅ぼしてしまうには惜しい街だ』と思うようになることだ」

なるほど。栄秋を攻めたくなくなるようにするということか。あの観光客だった斥候隊を、本当に斥候隊として機能させるわけだ。ただし、相国側の意図に沿った形の報告を持ち帰る斥候として、だが。

「副次的な効果も上々だ。栄秋の街を楽しむことにハマった連中が、大陸中央情勢の詳細や、軍の規模、練度の情報、果ては左右龍の人間性など。ありとあらゆる情報を言い散らしているそうだからな。とはいえ、手に入れた大陸中央の情報は、現地に探りに行かせているこっちの斥候が持ち帰る情報と突き合わせて精査する必要がある。連中が垂れ流し、袁幾が止めないような今の情報が、どれだけ使えるかは、正直わからねえからな」

張折は上機嫌で言いながら地図にさらなる書き込みを加えている。大陸中央の勢力分布の全貌が見えつつあるようだ。

「たしかに。情報をどう見るかは一旦置いておこう。まずは、栄秋に攻め入るという考えを彼らの中から消し去ることが優先だ」

翔央が目標の再確認をすると、叡明が提案する。

「では、僕らの次の一手は、袁幾を孤立させることにしようか。観光客側に、引率役への警戒を促すんだ。袁幾がなにを言っても、彼らが素直に動くことのないように、ね。それだけで、袁幾が狙う相国側の失態を妨害できるはずだ」

栄秋を戦場にしないために。皇帝執務室のその狙いを知ったことで、蓮珠はようやく安堵した。こと頭脳戦に関しては、叡明ほど頼りになる司令塔はいないのだから。


朝議は本来、その字が表すように朝の議会だ。相国の朝議も早朝から始まる。それでも、終わりが昼近くまでかかるほど議題は尽きない。この国は建国時点から官僚主義を掲げてきた。基本的に、国政に関わる物事は、朝議での皇帝と官僚たちとの話し合いによって決まる。ここに地方行政機関の権限では決められないために、中央行政機関にお伺いを立ててくる事案もあり、常に朝議は大小さまざまな議題を抱えているからだ。

特使団の栄秋入りから四日目の朝、ついにというべきか予想通りというべきか、宮城内を見て回っていた袁幾が朝堂に入ってきた。

「国内の話です。他国の方はご遠慮いただけませんか」

李洸が官吏を代表する丞相の立場からお断りをするが、袁幾は出ていく素振りさえ見せない。翔央は叡明の身代わりに相応しい皮肉の笑みを浮かべて、玉座から袁幾を見下ろしていた。

「……華国の方々も大陸中央の方々も、我が国の些事に興味などないくせに、なぜか朝議に首を突っ込みたがる。どちらも議会の言うことなど聞きはしないし、真似るつもりもない者が玉座に座っているというのに」

遠回しに龍義の人となりを耳にしていることを伝える。

「単なる個人的な興味による見学です。口出しなぞしません」

自国の者であっても個人的な興味で見学を許される場ではないというのに。翔央は腹の底で呆れた。華国の朝堂入りを許したのは、アレでも一応敬うべきとされる伯父であり、一国の王だからだ。血縁もなく、一国の王でもない者が同等に扱われるものではない。

「……李洸、次の話に移れ」

存在を無視することにして、翔央は李洸を促した。李洸を指名したのはわざとだ。李洸なら、袁幾が聞いても問題のない議題に変えることができるからだ。

「では、主上のお言葉にも出ました華国の件について、報告いたしましょうか」

意図を酌んだ李洸が、龍義側である華国の話を出す。すでに袁幾が知っている前提の話だった。いい提案だ、翔央はそれを採用し、李洸を軽く手を上げて制した。

「李洸、余から皆に言おう。……一部を除き、皆知っていることだが、華国の方々が、最後の最後で気前よく散財してくださった。おかげで、栄秋はちょっとした好景気だ」

緊迫していた朝堂のそこかしこから小さな笑いがもれる。常に張り詰めているわけではなく、時に和んだ雰囲気になることもあるのが、相国朝議の特徴だった。これは、先帝時代にもあったことで、最近またその傾向が強くなったと言われている。このあたりは、翔央らしさがにじみ出てしまっているところだが、叡明も李洸も悪いことではないから、正す必要はないと言われている。

「多少……いや、かなり迷惑なほど、伯父上たちは栄秋に長居していらした。文化一級と称される華国の方々が遺した影響も少なくない。工芸品、調度品から料理に至るまで、あらゆる職人の腕が磨かれた」

これは、この街のこれからにも価値があることを袁幾に聴かせるための話でもある。すぐにそれを拾い上げて、李洸が付け加える。

「華国からいらした方々の需要にお応えして作ったものが多かったので、華国相手の取引でも好評のようです」

龍義側についたと言われている華国だが、龍義側に降ったという話ではないようだ。そのあたりは、龍貢側と凌国の同盟関係に近いものがあるのかもしれない。だとすれば、龍義側にとって、華国は対等に近い関係にある可能性が高い。その華国にとって、大口の貿易相手である相国を潰すのは、華国の龍義側に対する心証を悪くする行為になる。この外交上の常識が通じる相手であるなら、栄秋に攻め込むのは得策ではないと考えるべきところだが……、果たして袁幾に外交上の常識があるのかどうかは怪しいところだ。

「……ということで、この場のすべての者に命ず。新たな活力を手にした栄秋を、存分に楽しんで来い。そうそう、お客人も、ぜひ」

翔央はまっすぐに玉座から袁幾を見下ろして、口端に笑みを刻み、袁幾を思い切り煽ってみる。

これは、ある種の賭けだ。宮城内を見て回るばかりの袁幾に、直接栄秋を見せて、その価値を感じてもらわねばならないからだ。

同時に、すでに特使団の他の者たちとの間に溝ができている袁幾が、栄秋を見て回るとなったとき、どう動くかを見ておきたい。誰かを伴うとき、それが特使団の者なら、袁幾の片腕が確定する。その人物は観光に来ただけの者たちに対する袁幾に代わる監視役として機能しているはずだ。また、一人で見回るなら、どこに行くかが問題だ。行った先にいるのは、すでに相国に潜ませていた者である可能性が高いからだ。

袁幾を泳がせて、見たいものがある。だからこその、上級官吏を巻き込んでの栄秋観光奨励日だ。

栄秋は、白龍河に注ぐ虎児川《こじせん》の河口付近にあって、国土のほとんどを高地・山岳地帯で占められている相国には珍しい、平地に作られた街だ。街門を出て少し離れた場所に栄秋港を持ち、栄秋全体の貿易規模は大陸でも五本の指に入る。最近では河川移動向きの平底大型船が威国から導入され、国内外での商売がますます盛んになってきた。最新の調査によれば、相国の全体人口約五百万人のうち、十分の一にあたる約五十万人が栄秋に集中している。

そんな常ににぎやかな栄秋の大通りに立ち、蓮珠は呟いた。

「……なぜ、こんなことに？」

中元節が近いため、街には中元節に使う果物や菓子、飾り物を売る出店が数多く並んでいる。蓮珠の手に新たに買った菓子の袋を乗せた翔央が胸を反らす。

「俺は、朝堂で『この場のすべての者』に栄秋を楽しむよう命じた。当然、そこに俺も含まれる」

「わたしは、朝堂に居なかったはずですが……？」

本日の蓮珠は、玉兎宮女官の陶蓮珠として後宮を出てきた。街歩きに蓋頭を被るのは、悪目立ちするだけだから、凌国へ向かう白瑶長公主の長旅の共となる大衆小説を買いに行くという名目で、栄秋の街に出てきた。恐れ多くも、皇帝陛下（の身代わり）を護衛に、本屋街を歩いている。皇帝の街歩きだ、正式な護衛はいたのだが、武官名『郭華』を賜っていた元武官の翔央なので、早々に正式な護衛を撒《ま》いてしまった。さらに、立ち寄った店で、どこに隠し持っていたのか、さくっと従者の衣装に着替えると、後宮女官の護衛兼荷物持ちに収まった。これはもう、間違いなく城に戻ったら李洸のお説教が待っている。蓮珠は、城に戻るのが憂鬱《ゆううつ》になる。

とはいえ、買った本を抱えて街を歩き回るのはキビシイ。そこで、大量の本は白瑶長公主の住まう上皇宮の門番に託した。そもそも玉兎宮の女官とその荷物持ちでは、上皇宮の門を入ることもできない。ただ『皇后様より、長公主様にお届けものです』と言って、本の山を託すのみだ。

上皇宮で身軽になった二人は、飲食店街のある通りへと出る。栄秋の街は、どこからもにぎわう街の音が聞こえてくる。広い通りを笑いながら子どもたちが駆け抜け、店先に出された日よけの下で食事する人々は、食べて話してで、なんだか忙しそうだ。昼下がりは、どの店も混んでいて、店員と客のやり取りする声が飛び交っている。

まるで、戦争の気配などない。いつもどおりの夏の街の風景がそこにある。

蓮珠は夏が苦手だ、故郷を失った赤く燃える夏の夜を思い出すから。だが、今はどうだろう。戦争孤児だった自分を迎え入れ、ここまで育ててくれた下町の夏を目の前に、このところ不安に揺れていた蓮珠の心は癒されている。

「翔央様、ありがとうございます」

蒼妃の紹介で通うようになった茶館で、少し遅めの昼餉に軽食を出してもらい、お茶と併せていただくと、蓮珠は向き合って座る翔央に礼を言った。

「ん？」

「ちゃんと元気出ましたよ」

「……そうか。なに、礼を言わねばならないのはこちらのほうだ。日頃から無理難題を押し付けているのに、何ひとつ報いることができていないからな。翠玉の件は決着したっていうのに、お前を官吏に戻すこともできない」

翔央が苦笑いを浮かべる。

そもそも蓮珠が威皇后（当時は威妃であったが）の身代わりを受けたときの報酬は、後ろ盾のない女官吏には道が閉ざされていた官吏としての出世だった。実際、蓮珠は最初の身代わりを乗り越えたことで上級官吏に昇った。だが、それ以降の身代わりは、役人仕事の一部だった。人目に見えない職掌として『身代わり皇后』が刻まれていたわけだ。

「そんなことありません。……覚えていますか？　わたしが官吏になったのは、この国から戦争をなくすためです。いま、翔央様は、そのために動いていらっしゃるじゃないですか。それを間近に感じられる場所に置いていただいています。それは、わたしにとって、この上ない報酬ですよ」

目を見開いた翔央が、そのまま目を細めていく。

「それは、俺も叡明に感謝しなければならないところかな。俺も、俺が望むものを叶える場所に身を置かせてもらっているわけだからな」

蓮珠が自身の願いを明かしたとき、翔央の願いも聞いた。彼には、初陣で夜襲をかけられて、叡明とともに敗走した過去がある。その際に、双子を守るため多くの護衛武官が犠牲になった。彼は、己の弱さを恥じ、皇子でありながら武官の道に進んだ。この国を今度こそ自分の手で守るために。

「お互いに、最初に思っていたのとは違う形ではあるが、ちゃんと願う道を進めているということだな。……この道をお前と進めていることを心強く思う」

「わたしもです」

こうして、同じ国で似た願いを抱えた人の隣を歩けることを、本当に心強く思う。

だから、だからこそ、この手を離してほしくない。置いていかないでほしい。家族を失い、翠玉の手を離し送り出した。もし、この人を失えば、本当に一人になる。

下町の茶館を出て、宮城への道を戻る翔央の傍らで、蓮珠は叶うべきではない願いを抱いてしまう。

このまま、帰りつかなければいいのに。

気がつけば、この場に彼を留めるように、伸びた手が彼の袖を引いていた。

「どうした、蓮珠?」

「い、いいえ……その、あそこに人だかりが……なんだろうと思いまして」

慌てて泳がせた視線の先に、ちょうどいい人だかりを見て、蓮珠はそちらを指さした。

蓮珠の指先をたどり、翔央も人だかりを見る。背の高い翔央には、蓮珠には見えない人だかりの向こう側が見えるらしい。

「どうやらなにかの勝負事をしているようだ。ちょっと寄っていこう」

楽しそうに言うと、蓮珠の手を引いて、人だかりに入っていく。

半円の人だかりの内側には、二本の石柱を支えに平板が置かれていた。どうやら、その平板に酒瓶を乗せて両手で持ち上げるというものらしい。勝負の内容としては、持ち上げることのできた酒瓶の数を競うようだ。

「力自慢大会……ですか？」

「半分は、そうだが……。複数の酒瓶を一度に持ち上げるのは、その重さを持ち上げる腕力だけが問題になるわけじゃない。酒瓶の積み方や身体のどこで支えるかを考えて、平板のどこに酒瓶を配置するべきなのかが重要になる。見た目より頭を使う勝負だぞ、あれ」

翔央が説明する声を聞きつけた、この店の主が声をかけてきた。

「いやぁ、目の付け所がいいね、旦那。あんたもやってみるかい？　独り勝ちの御仁に挑むなんて、嫁さんにいいところ見せる好機だよ」

色々誤解に溢れているが、まず皇族相手に『旦那』って。不敬ではないだろうか。

「いや、その我が妻と一緒に見て楽しもうとしていたんだが……」

誤解をそのままに、翔央が見物を希望したが、店の主がぐっと顔を近づけて翔央に小声で言った。

「それがさっきも言った独り勝ち状態が続いていて、ちょっとばかり楽しくなくなってきているんですよ。あんたならいい勝負ができそうだし、嫁さんもそのほうが楽しめるってものですよ？」

独り勝ちが続いているとは、どれほど屈強な男なのかと見れば……。

「翔央様、あの人……」

蓮珠が耳打ちすると、翔央も相手を見て頷く。

「特使団の一人だな。名前は……カイ将軍だったか」

蓮珠はその名前まで知らなかったが、間違いなく特使団の一人で、かつ袁幾以外で冷静を保った二人のうちの一人だ。

「なるほど、これは好機だ。……主、ぜひともいいところを見させてくれ」

翔央が参加を決めて前に出ると、相手のカイ将軍が顔を上げた。

「あ……」

蓮珠は、カイ将軍の顔立ちや瞳の色を見ていて気が付いた。大陸中央の人っぽくないとは思っていたが、どうやら、彼は、色目人《しきもくじん》のようだ。

色目人は、威国の言い方で、大陸のはるか西のどこかにある土地を出た船で、この大陸の北西部に流れ着いた人々とその末裔《まつえい》をいう言葉だ。

蓮珠がカイ将軍を見ているうちに、勝負が始まった。見た目には、筋骨隆々という言葉が似合うカイ将軍と長身痩躯《ちょうしんそうく》の翔央では、翔央のほうが不利に見える。

だが、翔央が言っていたように、この勝負は腕力だけで決まるものではない。今度もカイ将軍のほうが勝つだろうと予想していた見物人たちは、翔央が思いのほかいい勝負をしていることに大興奮の声を上げる。その声がさらなる見物人を呼び、最後には栄秋府の捕《ほ》吏《り》から注意を受けて強制終了という結末を迎えた。

「主、すまなかったな」

翔央は律義にも、店の主の撤収作業を手伝った。これには蓮珠はもちろん、カイ将軍も加わっていた。

「いや、いや充分に盛り上がりましたから、いいってことですよ、旦那。でも、もし次があったなら、適当なところで終わっていただけると助かります」

「オレからも謝らせてもらうよ、ずいぶん長く楽しんでしまった」

最後には、カイ将軍も翔央に並んで店の主に頭を下げていた。

この二人が頭を下げている構図は蓮珠からするとかなり心臓に悪いのだが、なにも知らない店の主は二人の肩を叩き、健闘を讃える。

「まあ、喉が渇いただろ？　これで、そこらの店で呑んでくんな」

気前よく渡された銅貨を手に、店の主に言われたとおり、三人で近くの酒楼に入ることにした。

適当な席に座ると、三人とも当たり前のように酒を頼み、酒碗一杯をまず飲み干す。

「いい街ですね、栄秋は。お二人もいい飲みっぷりだ。……城じゃのばせない羽をのばしに降りていらしたんで？」

カイ将軍も翔央が玉座で見た顔だとはわかっているようだが、話し方は軽いままでいくようだ。それが、袁幾が貫く相国の玉座を軽視する態度の延長なのか、この場で堅苦しいやり取りは不自然という判断からなのかは、蓮珠には見えなかった。

「将軍も羽はのばせましたか？　引率は大変でしょう？」

翔央の探りに、カイ将軍は無言のままニヤリと笑って見せる。近くで見ると、やはり藍《あい》色に近い、高大民族にはない色合いの瞳をしている。

「カイ将軍は……大陸中央の方ではないんですね？」

色目人という言葉は使わずに、蓮珠はそれを確認した。

「ほう、わかりますか」

頷く蓮珠の横で翔央も頷き、将軍の持つ武器をじっと見据える。

「……うむ。ずいぶんと珍しい得物をお使いだ」

「これですか？」

言われてカイ将軍が傍らに置いた槍《やり》のような長柄の武器を軽く持ち上げる。確かに特殊な形をしていた。槍先の両側に三日月のような細く湾曲した刃がついている。

「これは、方天戟《ほうてんげき》と呼ばれるものだな。長さはもちろん重量もあるから扱いが難しいと聞いている。それに……これを使っていた流派は、大陸中央では、高大帝国時代の初期に途絶えていたはずだ」

翔央が角度を変えてカイ将軍の武器を鑑賞してから感嘆のため息とともに指摘した。

「おや、歴史までご存じですか？　相国の皇帝陛下は博学でいらっしゃる。大陸中央の連中は『武器は使えればそれでいい』って感じで、ほとんど興味を持たれないんですよ。出てきた家に伝わっていた貴重な逸品なんですがね」

明確な答えは口にせず、『大陸中央の連中』や『出てきた家』という言い方に、今いる場所と元いた場所の距離を含め、ただ嬉しそうに応じる。

「……なぜ大陸中央に？」

蓮珠は改めてカイ将軍を見た。年頃三十代前半ではないだろうか。彼が家を出たという年齢はわからないが、行く先はなにも戦争に明け暮れる大陸中央じゃなくても、五十年以上前から安定していた凌国や華国という選択肢だってあったはずだ。

「……どんな場所であろうとも、流れ着いちゃった以上は、そこの色に染まって生きるよりないでしょう。まして、これを持って家を出るような人間は、戦いのない場所になんか行きやしませんて。まあ、あれだ。あんたとは、生きていこうと思う場所が違うんだよ」

越えがたい線を目の前に引かれた気がした。

「ここに居ましたか。探しましたよ、カイ将軍」

声のしたほうを見ると、宮城内を歩く武官のような簡易な鎧姿の袁幾が立っていた。

「袁幾殿か」

翔央の声には、若干の困惑があった。それは、袁幾も同じらしく、彼の声もまた隠しきれない困惑の色を帯びていた。

「……おや、どなたとご一緒かと思えば、白奉城の主ではないですか。城から遠い、こんな下町の店でうちの者と酒を酌み交わすとは、どのような間柄になったのでしょうか？」

朝議で、玉座から栄秋の街を楽しめと促された者たちは、そのほとんどが上級官吏だった。下町の庶民的な店で遭遇する可能性は皆無に等しい。だから、翔央も蓮珠との気楽な街歩きに下町を選んだわけだが、カイ将軍に続き、袁幾にまで遭遇してしまうとは。おまけに、袁幾から『皇帝とカイ将軍との密会』を疑われている。ここで政治的問題を騒がれては、こちらに不利な状況が生じてしまう。袁幾には慎重に対応しなければならない。そう思って、蓮珠が翔央に目配せしたところで、カイ将軍が自慢げに言った。

「なあに、一戦交えた間柄さ。ほら、さっきの店だよ、力勝負の。あんたが飽きてどっか行っちまったあと、しばらくして、対戦相手にこちらの御仁が入っていらした。栄秋府の役人が飛んできて解散させられるほど盛り上がったんだぜ？　いい勝負を見逃したな」

「…………アレで、カイ将軍といい勝負を？」

袁幾の目に、警戒の色が宿った。

あまり、穏やかとは言い難い空気が漂っている。

根が下町育ちの庶民である蓮珠はともかく、元武官の皇族と他国の武人二名の殺伐とした空気は、店の中で浮いていた。四人が座る周辺の席だけ人がいない。早めの夕餉を求めて入ってきた客も、遠巻きに座るか、そそくさと店を出ていってしまう。これは、一種の営業妨害ではないだろうか。蓮珠は、心の中で、店主に謝っていた。

重い沈黙が支配する四人席で、もっとも口の重そうな袁幾が最初に切り出した。

「……見たところ、護衛も連れずに、庶民の服を着て街歩きですか。上がそんなだから、下も平和ボケが過ぎるということですかね」

本当に皇帝の護衛がいないか確認しているのだろう。周囲を探るような袁幾の視線は鋭い。ここで本人が撒きました、とは言えない。

「先ほどのお話だと、袁幾殿もカイ将軍を置いていったのだろう？　同類ではないか」

翔央が鼻先で笑う。

「わたしは武人だ。自分の身ぐらい自分で守れる。まして、この平和ボケの国で危ない目に遭うわけがないというのに」

袁幾がわざとらしいため息をついて、そう応戦した。

「お言葉だが、生まれてこの方、平和ボケのこの国で、俺は何度か死にそうな目に遭っている。おかげでカイ将軍といい勝負ができるくらいに身を護る術《すべ》を身に付けた」

また、この人はサラッと怖いことを。いや、よく考えれば、蓮珠もこの平和ボケの国で何度か死にそうな目に遭っている側だった。

「はっ、そんなのは、カイ将軍が手を抜いて差し上げただけのことではないか。元引きこもりが勘違いも甚だしい」

どうやら、今上帝の皇子時代もきっちり調べているようだ。

蓮珠がカイ将軍を見ると、彼は小さく首を横に振って、袁幾の言葉を否定した。

「……見てない勝負を語るのは、戦いの読み間違えにつながる愚行だと、先人の書き記した兵法書にもあったな」

翔央は、まだ続けるらしい。カイ将軍に続いて袁幾とも非公式の場で話す機会を得たのは、たしかに好機だ。この機を逃さず、袁幾を突いてなにかを聞き出すのが狙いなのだろう。だが、傍で見ている蓮珠には、ただただ身震いする冷たい舌戦が続くだけの苦行の時間でしかない。

「兵法書を読んだくらいで戦いに勝てると思うことが、平和ボケだというのだ」

袁幾は、翔央がカイ将軍といい勝負をしたという事実をどうしても受け入れたくないようだ。もしかすると、袁幾自身がカイ将軍といい勝負にならない実力差があって、平和ボケの皇帝がいい勝負をしたなんて認められないとか。いや、いくらなんでも、それはあまりに狭量というもの。己の想像で飲む気が失せた蓮珠は酒碗を卓上に戻した。

「威国の公主を皇后に迎えたのだ、戦い方も学んだとも。なんなら、カイ将軍の方天戟をお借りして、その鎧の継ぎ目を切り裂いて差し上げようか？」

「これはこれは……方天戟を御存じとは驚いた。武器にお詳しくなられたのは、いったいいつからなのやら。大陸の西端を掠め取ったくらいで、『高大帝国の後継者』などと名乗るような者たちは、なにをしでかそうとしているのですかな？」

煽りも探りも、相国の今上帝の身代わりにとっては、たいした問題にならない。

「調べが足りないのではないか、袁幾殿。方天戟ぐらい知らなくては歴史学者の肩書が泣くというものだ」

皮肉を浮かべるこの翔央の表情は、ほんとうに叡明そのままを再現できていると思う。これはもう、完全に叡明が憑依《ひょうい》していると言っていいのではないだろうか。

「お二人ともそのくらいにしたらどうだ。せっかくの酒がまずくなる。……ほれ、先ほどまであんなにいい呑みっぷりだった女官殿の酒碗も、全然減らなくなってしまったじゃないか」

自身も飲む気が失せたのだろう。カイ将軍も酒碗を卓上に戻し、呆れ顔で制止した。

「女官……？」

そこで初めて袁幾は蓮珠の存在に気づいたようだ。視野が狭いというより、それだけ翔央を……彼からすれば相国皇帝を……観察することに集中していたのだろう。どうも袁幾という男は、人を注視する癖があるらしい。さっきまで存在にも気づかなかったというのに、いまは蓮珠をじろじろと見てくる。

観察というには、偏見に満ちた品定めをしているような視線に、蓮珠もまた袁幾を観察し返した。

カイ将軍よりは少し年齢が上の四十代にはなっているように見える。よく見れば、髪にやや白髪が混じり、眉間と目元の皺も深く刻まれている。

「なるほど。息抜きというやつですか……」

蔑《さげす》みの表情で見られて、蓮珠は不快をあらわにした。

「いったいなんのお話でしょうか？」

「いえ。正しい息抜きをなさっていると思ったわけですよ、高大民族の娘を伴っていらっしゃるわけですから」

威皇后に対する侮辱《ぶじょく》だ。蓮珠は憤りを隠さずに袁幾を睨みつける。

「不快な誤解は、今すぐこの場で訂正してください」

「なんだ、女官ふぜいが。略奪者の末裔の寵愛なんぞで驕《おご》りおって」

「袁幾殿、やめとけ！」

椅子を立った袁幾をカイ将軍が止めた。

「……今のは、あんたが悪い。自分の仕えている人間を軽く見られることで、自身を軽く見られたと感じることはある。あんただって、身に覚えのある感覚だろ？」

カイ将軍が、蓮珠のほうに身を乗り出しかけていた袁幾を、数歩後ろに下がらせる。袁幾は大人《おとな》しくそれに従った。従わざるを得なかったのだ。翔央の棍杖《こんじょう》の先が袁幾の右目を突く寸前だったから。

「陛下、いったんこれで収めてくれませんかね。……さっきの勝負で手を抜いていたのはお互い様だと、袁幾殿も理解できたと思うんでね。ここでぶつかり合うのは、お互いに得策じゃない」

翔央が棍杖を下ろした。カイ将軍が大きく息を吐く。

見れば、袁幾は俯いたまま立ち尽くしていた。

「袁幾殿、女官殿に謝罪とさっきの件の訂……」

「わたしは先に戻らせてもらう」

最後までカイ将軍に言わせずに、袁幾が店を出ていく。

「悪いな、女官殿。自分が仕える主を侮られるのは、許しがたいよな。オレから謝罪をさせてくれ」

謝罪は結局カイ将軍からとなった。

「いいえ。……むしろ、カイ将軍には感謝しております。ここで大きな騒ぎを起こさずに済みました。両方にとって望まない問題に発展した可能性は高く、止めてくださったことをありがたく思っています」

酒宴はここまでにして、酒楼の店主には多めにお金を渡してから店を出る。

「……アレはアレで、生まれた場所で生き抜くことに必死なんだろうね。余裕がないったらありゃしねえよ。もちろん、理由があったところで無礼が許されるわけじゃない。本当にすまねえな」

改めて謝罪をしてくれたカイ将軍とは店前で別れた。大きなカイ将軍の背が人波に消えていくのを見送り、蓮珠は翔央にも礼を言った。

「ありがとうございます。庇ってくださって」

「……お前が無事で良かった。俺も礼を言わせてくれ。カイ将軍は袁幾の手前ああ言ったが、お前は主を通じて自分が侮蔑されたから怒ったわけじゃなく、純粋に片割れと義姉上の間にあるものを尊重して怒ってくれたんだろ？　ありがとう」

信頼を託す手を差し出され、蓮珠は、翔央と握手した。そして、その手をそのままに、宮城への道を二人並んで歩きはじめた。

第四章　荷花灯、赤星を仰ぐ

大陸中央からの特使団が栄秋入りして五日目、朝堂には本日も招かざる客が来ていた。最奥の玉座に向かって並ぶ上級官吏たちは、朝堂の扉を背にしているので客人に気づかないが、玉座の側からはすぐにわかる。李洸が軽く手を上げて、発言中の官吏に制止を促した。なぜ止められたのか気づいた官吏たちが一様に朝堂後方を睨む。議論しなければならないことはたくさんある。にもかかわらず、邪魔をしてくる者がいるのだ、視線が冷たさを増すのも仕方がない。

翔央は玉座から袁幾の様子を確認する。見た目には、昨日の件などなかったかのように涼しい顔で向けられた視線を無視している。

「……また、あなたですか。あなたの参加は誰も許しておりません。この場から出ていっていただけますか」

李洸が嫌そうな顔をするだけですまさずに、袁幾を咎《とが》めた。

それに乗る形で、最前列の国政の重鎮たちがささやき合う。

「まったく品性がない。あれで、よくも帝国の後継者を名乗れたものだ」

「大陸中央には、まともな官僚もいないそうだ。聞いてわかるわけもないのに……」

相国の官僚の中でも、朝議に出ることを許されているのは、紫衣をまとう上級官吏だけだ。張折のようなやや特殊な例を除けば、ほぼ全員がそのことに誇りを持って、この場にいるわけで、部外者がずかずかと朝堂に乗り込んでくることそれ自体が気に食わない。
それに加え、重文軽武の相国で、武人は全体的に地位が低く、政がわかっていないとい
う考えが強い。結果的に、大陸中央からの特使団を束ねている者であっても、朝堂の官吏
たちにとって袁幾は、自分たちより下の者という認識なのだ。皇族でありながら武官の道
を選んだかつての翔央は、そういう視線に長くさらされてきた。この場で言えば、五大家
で武門の許家や王家《おう》だけが例外だ。彼らの家は官吏も出していて、由緒ある家柄で政治も
わかる稀有《けう》な武人たちという破格の扱いだから。
「おや、皆さんは、朝から他人様には聞かせられないような話をなさっているのか？」
袁幾は袁幾で、戦いに明け暮れる大陸中央から来たのだ、おそらく戦えぬ官吏のような
存在になんの価値も感じていないのだろう。
張折の言葉どおり、武官と文官では視点が違う。双方に歩み寄る意識がなければ、議論
も成立しない。翔央は李洸のほうを向いたが、しっかりと声を張って指示を出す。
「放っておけ。国政は暇じゃない、先ほどの議論の続きといこう」
玉座からの言葉に、最前列の官吏たちも押し黙る。朝堂の静寂を確認して李洸に目配せ
する。そこからは、李洸の制御で、部外者に聞かれても問題ないが、この場で話し合わね
ばならない議題が並べられる。相国中央機関、地方機関の違いを問わず、片付けなければ

ならない問題は、いくらでもある。議題の自然・不自然を意識することもなく、朝議は進み、官吏たちの意識が程よく袁幾から離れていった。

翔央を含め、朝堂の者たちが袁幾の存在を思い出したのは、李洸が朝議の終了を告げた直後だった。

朝堂に、まず響いたのは拍手だった。音のするほうを見れば、袁幾が一人、笑顔で手を叩いていた。

「いやいや、最後まで拝聴してさすがは大陸史上類を見ない官僚主義国家と言われる政治体制を支える人々と感服いたしました」

袁幾が、ほぼ一息で言い切った言葉は、ところどころにトゲを感じさせるものだった。そのトゲに引っかかって、誰もが眉をひそめて袁幾のほうを見る。それらの視線を十分に引き寄せてから、袁幾がニタリと笑った。

「これは、ぜひとも我が主、龍義様に見ていただきたいものですな」

夏の盛り、朝堂の中だけ、空気が急激に冷えた気がした。

先触れの意味があるかないかの早さで、張婉儀が玉兎宮に乗り込んできた。

「皇后様！　……と、その表情、すでにお耳に入りましたか」

蓋頭の下の汗をぬぐい、客を迎える身支度を整えていた最中だった。

「……ええ。さきほど、金烏宮《きんうきゅう》に呼ばれまして、主上より、龍義殿ご本人が栄秋に来ることになりそうだとお話がございました」

応じながら、さらに誰かが乗り込んでこないうちに蓋頭を被《かぶ》る。

紅玉の補助で正房の長椅子に上がり腰を下ろしたところで、予想通りほかにも幾人かの妃嬪が玉兎宮にやってきた。

数えれば、後宮の妃嬪のうち、半分近くが集まっている。

妃嬪に与えられた宮よりも、皇后の宮である玉兎宮の建物は全体的に大きい。それでも、ここまでの大人数が集まることは想定していないので、長椅子の前には、妃嬪が密集しているという異様な光景があった。

「主上からは『龍義が特定の女性を連れてくることはないようだ』とも言われました。ですから、女性の外交はありません。妃嬪が龍義の前に出ることはありません」

皇后の断言に、妃嬪たちが一様に安堵の表情を浮かべた。だが、ここで許妃がぼそりと呟いた。

「まさかの現地調達とか？」

張婉儀が首を振る。

「……龍義ならば、あり得るのではないかと思ってしまいますが、前に出ることがないのであれば、問題はないでしょう。安心いたしました」

顔色が良くなった張婉儀が場を去ろうとすれば、許妃も「御前をお騒がせいたしました」と玉兎宮を下がる挨拶をする。皇妃として上位にある二人が下がるのに、下位の自分たちが食い下がるわけにはいかないと思ったのだろう、他の妃嬪も短い挨拶で下がっていく。

「嵐のようでございましたね」

紅玉が蓮珠にお茶を運んできた。

「玉香は戻っていますか？」

蓮珠は皇后の口調で尋ねた。紅玉が正房の扉横に立つ女官に、玉香を探しに行かせる。女官を見送った紅玉が正房の扉を閉めてから、蓮珠を振り返り頷いて見せる。

「……これで少しだけ休めますね」

龍義自身が来なくても、後宮に手の者を忍び込ませ、妃嬪を狙っている可能性はある。絶対に信頼できる紅玉、玉香がいる場でなければ、玉兎宮の奥であっても蓋頭を外すこともできない。蓮珠では、人払いが万全か判断できないからだ。

「お疲れでしょう、蓮珠様。お茶を新しくしますね」

出されたばかりのお茶だったが、さきほど玉香を探しに行かせた女官が持ってきたものだったので、紅玉が念のため淹れなおしてくれた。

「疲れているのは、紅玉さんもでしょう？　少しだけ一緒に休みましょう」

長椅子を降りた蓮珠は、隣室の卓で紅玉と二人椅子に座り、大きく息をついた。

「しばらく騒がしくなりそうです。表側は人手が足りないので、玉兎宮は私のほうで警戒を行ないます」

「皆さん、動いていらっしゃるんですね。落ち着くまでは、できるだけ、玉兎宮で過ごすようにします」

蓮珠としては、紅玉の負担を減らしたいが故の提案だったが、紅玉は「大丈夫ですよ」と、微笑みを浮かべた。

「近々こちら側が増員されるそうなので、これまでより動きやすくなるはずです」

「増員……ですか？」

前々から翔央も人を増やす話をしていたが、紅玉まで話がいっているということは、どうやら本決まりになったようだ。

「はい、ようやく玉兎宮に宮付き太監が入ります。太監は上限数がございますので、空きが出るまで色々手をまわ……いえ……時間がかかりました。また、師父となったはいいけれど、秋徳殿がお忙しすぎて、なかなか指導が進まなかったというのもあるようで」

なにか不穏な言葉が聞こえたような気がしなくもないが、ここは聞かなかったことにしよう。

相国は、過去の王朝であったような宦官《かんがん》の専横《せんおう》を防止するため、太監の上限を五十人としている。この五十人で後宮での仕事だけでなく、表側に出れば、皇帝の身の回りの世話から、各宮様にも仕えて働くことになる。とても激務なのだが、なりたい者は昔からそれなりにいる。なにせ、生家が貧しくても、官吏になる学がなくても、皇帝、皇族、妃嬪に気に入られれば、過去の王朝の宦官のように国政を牛耳《ぎゅうじ》ることは出来なくても、庶民では望めぬ贅沢《ぜいたく》を味わえる可能性が高い。

宦官になるためには、去勢手術を行なうのはもちろん、雲の上の方々に仕えるための作法や知識も身に付けねばならない。見習い宦官は、それらを『師父』と呼び敬う指導役の熟練宦官に付き従って学ぶ。太監として独り立ちするまでには、それなりに時間がかかる。おまけに気軽に退職して別の職業に就けるような仕事ではないので、一度五十人の席が埋まれば、なかなか空きが出ない。

「秋徳さんは、常にお忙しいのに、お時間を割いていただいて……」

太監をつけるのは、蓮珠の護衛という意味合いが強い。元官吏の蓮珠は、我が身を守る術をほぼ持っていないに等しい。ごく簡単な護身術は冬来の指導を受けたが、悪漢に囲まれたら、逃げることもままならない。華王の襲撃を受けた時と同じく、一対一が限界で、しかも、倒すのではなく遠ざけるのがせいぜいだ。

身代わりの件を知っていて、後宮内で蓮珠の護衛につけるのは、翔央、冬来、紅玉、秋徳の四人だけだ。前の二人を『護衛』として数えるのは、いかがなものかと思うが、実際に紅玉が動くときは、たいてい二人のどちらかについてもらっている

秋徳は皇帝（といっても、身代わりの翔央のほうだが）の側仕えになったので、翔央が白鷺宮であった頃のようには、後宮に留まれない。そのため、翔央か冬来が後宮側に来られない時は、紅玉が蓮珠の近くを離れることができないのだ。なお、玉香は、蓮珠と同じく元官吏なので、護衛の技量はない。

「いえ、これは秋徳殿にも必要な経験でした。師父になったことがないような者に皇帝の側仕えは早いのではないかと、散々陰で言われていたようですから」

それはそれで難しい問題だ。そもそも秋徳は、翔央との出会いをきっかけに、民間兵である郷兵《きょうへい》から正式な武官になり、長く翔央の隊の中で従卒の位置にいたという。御代が変わり、叡明の即位に伴い、白鷺宮としての義務を果たすことになった翔央のために、秋徳は宦官になった。皇族でありながら武官の道を進んだ翔央は、皇城の女官や太監からも軽

く見られている節があり、それが我慢ならずに名乗りを上げたと聞いている。

元武官で宦官になったばかりの秋徳が白鷺宮付きの太監になったことは、他の宦官たちからよく思われなかった。だが、秋徳の師父は、皇帝の側仕えの白染であり、高勢《こうせい》に並ぶ権力を持つ太監だったので、文句は封じこめられた。そこには『白鷺宮の宮付きなら、まあ許せる』という考えもあったのだろう。それが、翔央の皇帝身代わりが常態化し、身の回りの世話を任せられる太監も入れ替えが必要となった。元武官の経歴を持つ異端の太監が、皇帝の側仕えになってしまった。それは、封じこめられていた文句を抑えきれなくなるほどの衝撃だったようだ。

「……秋徳さんも動きやすくなるなら、良かったです」

秋徳自身にとっても益があるなら、少しだけ蓮珠の心も軽くなる。

紅玉は頷いたが、彼女のそれは蓮珠の言葉とは、ちょっと方向性が違っていた。

「ええ、本当に間に合って良かったです。龍義が栄秋入りすれば、これまで以上に蓮珠様の周囲を固めておく必要が生じます。私だけでは、どこまでお守りできるか正直不安でしたので」

それは、後宮まで龍義の手が伸びることを前提としている話だった。

蓮珠は、『女の外交はない』という翔央の言葉で、皇妃たちが龍義の前に出ることはないと断言した。でも、紅玉の前提を否定する材料もない。

玉香に頼んでいた大陸中央の情報が少しずつ集まってきている。それらを公にすれば、妃嬪たちの不安を煽ることにしかならない。

龍義は、これまでも自陣を増やす過程で、平定した小国の妃嬪はもちろん、公主・長公主に至るまで自分の元に連れてこさせ、自身の後宮に入れているという。栄秋入りすれば、間違いなく、この後宮に手を伸ばすだろう。

後宮の妃嬪だけではない。いまや長公主となった翠玉も危うい。

「それにしても、袁幾という男は、なぜ、栄秋に龍義を呼ぶことにしたのでしょうか？大陸中央から栄秋までの道のりが平たんなものではないことは、ご自身がよくわかっていることでしょうに。総大将を本拠地から離すなんて……」

紅玉が言い、蓮珠は頷いた。同じことは思っていた。

入ってくる情報によれば、これまでの龍義は、大陸中央の居城を離れることなく、女性は自分のところまで連行させるだけだった。

「袁幾には、なにか、隠している目的があるかもしれませんね」

考えるように俯いた紅玉が、急に顔を上げる。

「どうやら、玉香殿がお戻りのようです。休憩はここまでといたしましょう」

正房の表に、人の近づく気配を感じた紅玉が女官の顔に戻る。

「皇后様、長椅子へ」

「ええ、まいりましょう」

紅玉の差し出された手を取り、蓮珠は優雅に椅子を立った。


午後もまだ早い時間だったので、蓮珠は紅玉に頼んで、翔央に玉兎宮まで渡っていただけるようお願いをした。昼餉という時間ではないので、表向きは、主上と午睡を共にする話にして、二人で寝室に籠《こも》る。午睡の名目なので、長椅子に夜着姿でくつろいでいるが、話しているのは、先ほどの龍義の栄秩入りの話が妃嬪に広まり、玉兎宮に集まってきた件だった。

「……龍義の件、広まるのが早いな。朝議のすぐ後に、俺がお前に話してから、まだ一刻程度だ。よくないな」

考え始めた翔央が、急に天井を見上げて問いかけた。

「……白豹《はくひょう》か？　戻ったんだな」

長椅子で、蓮珠の膝を枕に身を横たえていた翔央だったが、すぐに起き上がると蓮珠にも身支度を整えるように指示を出す。

「お二人でおくつろぎのところ、申し訳ございません。先に、主上……叡明様にお声がけいたしました。皆様揃いましたら、持ち帰りました情報をまずお聞きいただきたく」

陶家の見えない家令の時とは異なる落ち着いた口調に、本来の仕事をしているときの白豹は、こういう感じなのかと妙に感心してしまう。蓮珠は寝室の扉を開け、廊下に顔を出すと、少し離れたところに控えているはずの紅玉を呼ぶ。高貴な女性の身支度は、一人でできるものではないからだ。

「玉兎宮で？　そうなると、李洸や張折先生に聞いていただけないが……、それも含めて情報ということか？」

さすがは元武官。急に身支度を整えることに慣れている。白豹と話しながらも、翔央は一人でさっさと夜着から常服に身を整えていた。

部屋に衝立を置き、紅玉の助けを借りて、蓮珠も急いで人前に出られる格好に整えてもらう。

「はい、ここでなければ、袁幾に知られてしまいます」

白豹の断言に、思わず衝立から顔を出した蓮珠は、同じくこちらを見た翔央と目があった。翔央が、念の為に、と寝室の扉付近に移動し、周囲を警戒する。

玉兎宮でなければならないということは、皇帝執務室さえも危険ということだ。

人が集まるので、玉兎宮の正房に移動する。並び歩く翔央を見上げれば、横顔に緊張の色が見える。

「あちらは、ずいぶん奥まで人を入れてきているようだな？」

正房に片割れの顔を見て、翔央が問えば、叡明が軽く応じる。

「それだけ、龍義側が焦っているってことかもね」

正房には、叡明だけでなく冬来も到着していた。

「主上、皇后様」

蓮珠は、すぐに跪礼した。紅玉もそれに続く。この場では、叡明と冬来こそが皇帝と皇后であり、皇后として身支度を整えていても蓮珠は玉兎宮の女官でしかない。

「二人とも立って。……紅玉は、茶の用意を。玉兎宮は後宮の一部だが皇族なら入れる。大至急ここに集まるよう、各宮に声をかけてきた。だから、人数分頼むね。陶蓮はここからの話に参加してもらうよ。皇后として知っておいてもらわないとならないことが多そうだから」

許しを得て立つと、さっそくお茶の用意のために正房を出る紅玉と入れ替わりに、秀敬と淑香、さらには明賢、翠玉、真永が入ってきた。

「飛燕宮様、雲鶴宮《うんかくきゅう》様……、翠……白瑶長公主様まで」

まさかの郭兄弟妹勢ぞろい。

急ぎ蓮珠は、長椅子のある部屋のひとつとなりの部屋に案内する。有能な元陶家の見えない家令が、すでに卓と人数分の椅子を用意している。長椅子のある部屋は、正房の扉を入ってすぐの部屋で、遠目に中を見られるのは、よくないという判断だろう。このあたり、家主と家令の関係だったからか呼吸が合う。

「母上に……というより、雲鶴宮のみんなには、『飛燕宮のお二人のお祝い事の件で話し合うのに呼ばれた』ってことにしてきたから、兄上方も話をそれで合わせてね」

名目ではなく実際に午睡中だった明賢が少し眠そうな声で、この時間に宮を出てくるのに使った方便の口裏合わせを頼んでくる。

「この顔ぶれなら、それが妥当だろう。秀敬兄上もそれで」

叡明が了承すれば、秀敬も頷く。

「わかったよ。……見張りは？」

政治から遠ざかっていても、皇族の長子。秀敬が密談を始める前に確認すべきことを尋ねてきた。

「冬来には一緒に話を聞いてもらわなきゃならないから、紅玉が戻ったら頼もう」

「わかりました。すぐに申し付け致します。白豹さん、范玉香の同席は不要ですか？」

叡明の決定に、蓮珠はすぐに長椅子のある部屋との境に置いた衝立まで移動し、さらに天井へ問いかけた。

「できれば、同席いただきたいですが、主上のご意見は？」

この場の判断は、すべて本物の主上である叡明に委ねられる。

「范家には入ってもらおう。范玉香は、この場の給仕役として呼ぶように」

お茶を持ってくる紅玉は、見張りに立たねばならない。給仕は蓮珠が務めるつもりだったが、たしかに玉香を玉兎宮の女官房から呼ぶなら理由が必要で、これは口実にちょうどいい役目だった。これだけの高貴な方々が揃う場での給仕となれば、女官としての身分が高い者でなければならないので、むしろ、紅玉や玉香以外には任せられないからだ。

叡明の決定どおりに人を配置し、場が整うと、さっそく本題に移った。

「途中で邪魔が入らないとも限らないので、重要なことから報告いたします」

白豹の警戒は強い。大陸中央まで情報を集めに行っていたわけだが、事態はかなりひっ迫しているようだ。

「まず、左右龍と呼ばれ、大陸中央を二分しているように言われておりますが、実際は龍貢側が圧倒的に優勢でございました。龍義が本拠を動かなかったのは、かなり追いつめられていて、うかつに本拠から動けないことにあります」

龍義側である袁幾はもちろん、例の観光客組も自分たちの側の劣勢は口にしていなかった。後者はともかく、前者は知っていて、言わなかった可能性が高いが。

「……追いつめられているか。マズいな」

状況を知って誰もが黙考する中、元武官の翔央が一番先に低く呟く。

「翔央様のおっしゃるとおりです。龍義側からすると、相国を手中に収められなければ、ほぼ終わりです。それゆえ、強硬姿勢を見せ、強引な陣取り合戦を進めている」

裏事情が見えると、袁幾が時折見せる感情的な部分も少し納得がいく。袁幾は自陣の劣勢を知っているとみて間違いないだろう。だから、あれほど強気の態度でこちらを退《ど》かしにかかってくるのだ。

「相国にとっては、いい迷惑だね」

お茶を飲んで頭がすっきりしたのか、明賢が双子と似た皮肉の表情を浮かべ、この場の全員の言葉を代表する。

「龍義側は、相国を手に入れれば劣勢を覆せると考えています。なにより、龍義本人が、それを信じ込んでいる様子でした」

本人が信じたのか、周りに信じ込まされたのか。いずれにしても、無計画にも程がある。そんな確証のない策を推し進めるような人だから劣勢なのでは。再び場の全員が沈黙する。

お互いに視線を交わし、頭に浮かんだ言葉を共有していることを確認すると、誰もなにも言わないでおいた。

「翔央の言うとおり、これはかなりマズいね。相手が単にこちらを見下して僕らを追い出そうとしているなら、油断があるから崩しやすいんだけど」

仕切り直しに叡明がぼやいた。自身の計画を頭の中で組み直しながら言っているのか、卓上に置かれた手の人差し指が、なにかを計算しているように動く。

「……真永殿、万が一を考えて、回せるうちに手を回しておきましょう。申し訳ないが、秘密裏にご出立願いたい」

先々の計画を叡明に任せ、翔央が真永に提案する。

「すまないな、翠玉。盛大に送り出すつもりで色々と用意をしていたというのに」

翔央がすまなそうに翠玉を窺えば、彼女は問題なしと胸を張った。

「真永さんといただいた大衆小説があれば、どんな旅路も楽しいものになりますよ」

門番に渡した大量の本は、無事手元に届いたらしい。

「それに、公式じゃなければ、お姉ちゃんにお姉ちゃんとして送ってもらえますし」

付け足された言葉に、蓮珠の中の『翠玉のお姉ちゃん』が即座に反応する。

「翠玉！」

「お姉ちゃん！」

相も変わらず、背の高い翠玉に小柄な蓮珠が抱き着いている構図になる。

「微笑ましいです」

淑香が嬉しそうに言う。呆れる叡明以外の面々は、蓮珠たちを和やかな笑みで見てくれる。かなり年少の明賢にまでそんな目で見られると色々と気恥ずかしくなり、蓮珠は「落ち着こう」と胸中で唱えながらも、離れる機がわからず、翠玉に包み込まれていた。

「………頼むから、抱き着いたまま蓮珠を連れ去らないでくれよ」

翔央の気弱い言葉に、我に返って身を離そうとしたが、すぐ頭上から聞いてはいけない呟きが聞こえてきた。

「その手が……」

これには、翔央が翠玉から蓮珠を引き離した。

「二人ともそこまでにしてくれ。話を戻そう。秀敬兄上と義姉上は、明日にもご出立されたほうがいい。お体のことを考えると、移動は一日も早くするべきだ」

翔央の声こそ、胸中で「落ち着け」と唱えてそうな低い声音になっていた。

「そうだね。……叡明、僕らの出立は、どう言っておく？」

淑香と顔を見合わせ頷き合った秀敬が、弟帝に尋ねる。叡明が、理由を考えようとしたところで、明賢が挙手する。

「はいっ、いいこと思いつきました。西界の商人に義姉上に贈る出産祝いの品を頼んでいるんです。出立前に西界に寄って作っているところを観に行くことになったので、凌国へ向かうための都の出立が早まったというのは、どうですか？」

叡明が少し考えてから了承と提案をする。

「それでいいよ。明賢、西界なら小紅《しょうこう》様にもご同行いただいては、どうだろうか？」

明賢が兄帝の提案に驚いた顔を、じわじわと喜びの表情に変える。

「……よろしいのですか、叡明兄上？」

「小紅様は、西界の商人とつながりがあるからね。それに、初産を控えた宮妃に、子を産み育てた経験のある皇族が付き添うのは、とても自然なことだよ。ただし、お前までそれに付き添わせるのは難しい。狙いを悟られかねない。わかるね？」

飛燕宮夫妻に同行させることで、小紅も栄秋から凌国へ逃がす。叡明が明賢に示した道だった。

「はい。……母上を……大変ありがたく存じます。秀敬兄上、どうか母上のことをよろしくお願いいたします」

明賢は叡明に跪礼して謝意を示してから、秀敬に向き直ると再び跪礼をして、小紅のことをお願いした。

「もちろんだよ。先に行って待っている。必ず、凌国で会おう」

末弟の願いに笑顔で応じた秀敬と淑香は、さっそく出立の準備のため、二人で玉兎宮を辞した。明賢も小紅に凌国出立の話をするために、飛燕宮の二人に続き玉兎宮を出る。

「僕らは、中元節で故郷に帰るために都を出る若夫婦って感じかな」

見送った真永が自ら設定を考えて口にすると、翠玉が嬉しそうな声を上げる。

「真永さん、すごいです。それは、とても自然です」

我が妹（元だが）ながら、強心臓だ。龍義との擦れ違いを狙う逃避行だというのに。

「その設定での通行許可証の手配を李洸に急がせる。都を出るのが一番の難所になるだろうから、欧閃にも話は通しておくか……」

言いながらも、叡明の人差し指はまだ卓上で動いている。あちら側の事情に応じた策に再計算中というところかもしれない。器用にも、頭の中で考えを巡らせながら、彼は次の指示を出すために、玉香を招き寄せる。

「さて、范玉香。君を呼んだのは、ひとつには、陶蓮についていてもらう女官として、現状の話を知っている必要があるからだ。それは、もう充分だと思う。なので、ふたつめを頼みたい。ここで決まった事情を記した書状を、凌国に届ける手配をしてほしい。最短で届くなら南海廻《まわ》りでも威国経由でも、どちらでもいい」

　跪礼する玉香のほうは見ずに、叡明がすらすらと指示を出す。

「書状の代筆込みでのご依頼ですね、承りました。追記事項はございますか？」

　そのための玉香か。彼女は皇后（本物も身代わりも）の書の師を務める腕前がある。玉香を呼ぶかどうかを尋ねられたあの時点で、どこまで計算していたのだろうか。蓮珠は、ちょっと寒気がした。

「追記事項は、この後すぐに翠玉に書いてもらう。真永殿ならどんな目も掻いくぐってそちらに届けられるから安心しろ。お前はこの場の決定をまとめた書状と、范家での経路確保に集中してくれ」

「御意」

　玉兎宮に残った者の顔を一巡見てから、叡明が計算完了とばかりに宣言した。

「……よし、少しばかり探りを入れるとしよう。客人たちに栄秋の街の料理だけでなく、宮廷料理も食べてもらおうじゃないか。虎継殿で公式の夜会を催そう」

　蓮珠たちからしたら急な決定でも、叡明にとっては計算を重ねた結果というのは、叡明にはよくあることなので、蓮珠も翔央も頷くだけだ。

　そんな中、翠玉が事態の進行についていけていないのか、少し驚いた顔のまま黙り込んでいる。

「翠玉、大丈夫か？　色々わかりにくい話もあったと思うが……」

翔央が気遣って、翠玉に声をかけると、彼女は勢い良く首を横に振った。

「大丈夫です！　えっと、これが意外とついていけています。官吏ではなかったですが長く官吏の妹をやっていましたし、執務室で主上の代筆をしていたから、ずっと衝立の向こう側の話は聞こえていたわけで、いつの間にか政の知識や考え方が蓄積されていたようなので……」

それは良かったと翔央とともに蓮珠も笑みがこぼれたところで、翠玉がボソッと付け足した。

「ただ、いつからここまでの状況を計算して、代筆の私を執務室に置いていたのかなって思って……」

やっぱり、叡明の計算力は寒気のする話にしかならなかった。


夕刻の虎継殿、皇帝主催の宴会には、白鷺宮に加え、丞相を始めとする上級官吏の中でも選ばれた者が並べられた卓の前に座っていた。

栄秋入りした時とは全く様相が異なる宴会仕様の装飾に、特使団の面々が感嘆の声を上げた。

「これは、同じ建物とは思えない。素晴らしい」

大陸中央ではなかなか手に入らないだろう、魚料理を中心にした料理が並んだ。

「なんて贅沢な……」

栄秋といえば羊料理が有名だが、河川に囲まれた栄秋では、新鮮な魚介類も手に入る。大陸中央ほどは贅沢な食材というわけではないが、一尾丸ごとの魚料理をこの宴に参加する人数分用意するのは、それなりに贅沢なことではあった。

急に決まって、急に動き出したこの宴の一番の問題が人数分の料理を用意することだった。ただ、これも宴を開くと決めた時点で叡明に計算があった。栄秋でも有名な魚料理を出す酒楼に声をかけ、食材だけでなく、料理人にも宮城まで来てもらったのだ。食材だけ買い取っても店を開店休業に追い込むことになってしまうので、今宵限りの白奉城支店を開いてもらった。城に招かれて料理を出したとなれば、店側も箔《はく》が付く。他のいくつかの料理で同じく店を招いた。これにより、通常の城付きの料理人たちには、宴用の宮廷料理を用意することに専念してもらえるので、宴の料理も間に合った。城付き料理人たちからも街の料理人を招いたことに不満は出ない。まさに、叡明の計算通りだった。

宴の急な開催にともなう会場の準備のほうも、前回の華国訪問で経験済みのため、わりと順調に進んだこともあり、想定よりまともに、まるで前から準備していたような宴会となった。

「本日のお誘いは、ずいぶんと急なお話でしたな。はて、なにかここまでの宴を開いていただけるような理由がございましたか？」

先に探りを入れてきたのは、袁幾のほうだった。これまで、政治的話し合いをしない特使団は、皇帝の客人ではないから宴を主催しないという姿勢を貫いてきたのだ。それが、宴当日の午後になってからの誘いだ、怪しむのも無理はない。

「なに、そうたいそうな理由などありはせぬ。龍義殿は、大陸中央の居城からなかなか出ていらっしゃらないと聞いていた。それをわざわざお呼びになるとは、袁幾殿も栄秋が気に入っていただけたのだと思って、な。栄秋に城を構える者としての謝意だ」

翔央はにこやかに言うと、李洸経由で近くの女官に声をかけ、袁幾の酒碗に新しい酒を注ぐように指示を出す。

お互いに、いい呑みっぷりを見せ合うと、袁幾の隣や後ろに座る者も巻き込んで、大陸中央の料理の話を始める。新しい酒を数回注がれたころ、話題は、栄秋以外の街の話に移っていた。

「栄秋以外にも、見るべき場所は多い。この宴のために用意させた酒は、この国の東北部で造られているものになる。……ああ、西南部の凜西《りんさい》からの芸妓たちの舞いが始まる。ぜひ楽しんでいただきたい」

虎継殿の下座側に置かれた簡易舞台に、夏らしい涼しげな薄絹をまとった芸妓たちが出てきて、華やかな旋律の曲に合わせて舞い始める。

「凜西は、そもそも絹織物が有名な街だが、その見事な衣装を身にまとって舞い踊る彼女たちも人が集まる理由のひとつだ。栄秋からそう遠くはないので、機会があれば、ぜひ訪れていただきたい」

翔央は、叡明の身代わりを意識せずに、話したいように話した。叡明の考えによるものだ。曰《いわ》く、話題が途切れないように話すには、叡明のままではダメだから。翔央の話に、特使団の面々は、袁幾を含めて、酒が進む。

体質以外で、相手を先に酔わせるためのコツのようなものを、翔央は蓮珠からしっかり教わってきた。相手に意識させずにより多くの酒を飲ませることが大事で、そのためには自分側は絶えず話をするのだという。酒の席で話を聞く一方だと、人はつい手が酒碗にのびるものだから、らしい。なお、これは、蓮珠の亡くなった母親の教えだという。

頃合いを見て、翔央は袁幾に声をかけた。

「袁幾殿、どうだろう、栄秋以外にも気に入っていただける街がありそうだろうか？」

袁幾が、口の端をつり上げた。

「私が栄秋を気に入って……？　そうですね。この街は、よくできている、と評してよいと思っています。なにより、官僚機構がここまでしっかりしているというのは、これまでこちら側で併合したどの国にも見られなかった特徴です」

袁幾らしくもなく、少々口が滑らかになっているが、彼を囲う特使団の面々もいい具合に酔っていて、とくに制止する者もない。

翔央は、先ほどとは逆に、聞き役に転じた。横目に相国側の席に座って静かに酒を飲んでいる叡明を見る。あちらも翔央の視線に気づき、眼帯をしていないほうの目を少しだけ細める。どうやら、うまくやれたようだ。それを確認して意識を袁幾に戻したところで、ついに聞きたかった袁幾の本音がその口から零《こぼ》れ落ちた。

「まさしく、大陸中央を制した龍義様が拠点とされるに相応しい。栄秋にお越しいただいたのちは、そのままこの街を新たな王城と定めるのが良いと考えております」

演説口調になっていた袁幾の宣言に、相国側の出席者が一様に沈黙する。

袁幾の本音、それは『龍義が来るから玉座をあけろ』ということだ。

周囲の視線を一身に浴び、袁幾は酔いしれた表情で続けた。

「こちらに向かう龍義様は、当然ながらご自身の配下にある大軍を率いてまいります」

相国側の末席にいた張折が虎継殿全体に聞こえる声で問いかけた。

「なるほどな。たしかに、龍義が新たな王都にするつもりということは、全軍率いてこちらに向かってくるって意味だよな。……玉座を明け渡さねばそのまま攻め込むぞって、脅しか。んな、行き当たりばったりで、力任せな計画なんぞ立てているから、劣勢に追い込まれたんじゃないですかね？」

張折の発言を叡明が引き継ぐ。

「栄秋入りを受け入れれば、我々は退かされる。拒めば、栄秋を壊される。このえげつない二択。さすが、華王が後ろについているだけのことありますね」

相国側の出席者たちがざわつき、特使団を警戒する目で見る。だが、見られた特使団のほとんどが困惑の表情を浮かべていた。袁幾の計画は、彼らのあずかり知らぬところだったようだ。それもそうだろう。袁幾の当初の計画では、栄秋入りした時点で、特使団のほとんどが相国側に殺されているはずだった。そして、その報復のためという名目で、龍義率いる大軍が栄秋に攻め入る。これにより、表向きには、劣勢によって大陸中央を退いたわけではない状況を作るつもりでいたのだろう、というのが叡明の読みだ。

「な……なにをおっしゃるやら」

どうやら少し酔いがさめたようだ。覆水《ふくすい》盆に返らず。もう言ってしまった本心を、どう誤魔化《ごまか》してこの場を収めるのか。翔央は聞き役に徹して、袁幾の言葉を待った。

「我々は、あの朝堂に集う官僚の方々を高く評価しておりますよ。一人も欠けることなく、龍義様の下で、国に尽くしていただくつもりでございます」

虎継殿内のざわめきに、袁幾は相国側の席に身体の向きを変えて、宴に招待されていた上級官吏たちに語り掛けた。

「栄秋を犠牲にしてまで玉座にしがみつこうとする者を、あなた方は醜いと思わないのですか？」

生まれ育った大陸中央を捨て、すでに出来上がった国の玉座を脅して奪い取ってまで、高大帝国の後継者であることにしがみつこうとしている者に従う身で、なにを言っているのやら。翔央が腹立たしさに袁幾の背を睨みつければ、武官の感覚は残っているらしくビクッと震えて、その場を飛びのいた。

憤りは、翔央一人のものではなかったようだ。椅子を立った李洸が、冷ややかな目で袁幾を一瞥《いちべつ》した。

「やれやれ、どちらが簒奪者やら。……本日の会は、これにて終了といたしましょう。ああ、ですが、相国側の方々はお残りください」

李洸は警備の武官たちに目配せして、特使団を虎継殿から追い出しにかかる。

「はんっ、それ見ろ、懐柔策を焦る醜い真似を」

袁幾が得意げに言うのを一瞥し、李洸が大きなため息をつく。

「まだ出していない料理があるんです。せっかくですから、相国側の皆で食べようかと思いまして。袁幾殿、なんと申しましょうか……誰もが裏でこそこそ打ち合わせしているとか思い込まれるのは、御身の後ろ暗さの露呈にしかなりませんよ？」

言葉に詰まった袁幾が、さらなる失言をしないうちに退くという判断か、カイ将軍が袁幾の背を押して虎継殿を出ていく。二人が出ていけば、特使団の残った面々も出ていかざるを得ない。

特使団だけが虎継殿を出ていく中、折りよく、まだ出されていなかった料理が運び込まれる。それらに特使団の大半が未練たっぷりの視線を注ぎながら、会場を後にした。会の終わりを考えれば、暢気なことだが、観光客組はそれでいい。統制の取れていない特使団で、本来袁幾より上にある者たちにこそ、袁幾への不信や不満を抱いていただかねばならないのだから。

「なんとも惜しまれるな。あちら側に用意していた酒も料理もまだまだあった。ここはひとつ、日頃の激務の労いとして、ゆっくり楽しんでもらいたい」

皇帝がそう言えば、相国側の者たちで退室する者もいない。簡易舞台での余興もまだ続く。この日の宴は、他国への接待が伴わないこともあってか、特使団が虎継殿を出てから数刻も続いた。


宴の翌日、璧華殿の皇帝執務室には、相国中枢を担う面々が集まっていた。

「仮に、龍義軍が全軍でこちらに向かってきたなら、規模はどの程度になると思う？」

翔央が天井に問いかける。白豹は、陶家でなくても見えない存在らしい。

「あちらで見てきた限りですと、最低でも十万。本気で本拠を栄秋に構える気であれば、兵士以外も連れてくるはずですから、その倍以上の可能性も」

数を聞いてすぐに計算したのは元軍師の張折だった。

「栄秋には、相国民五百万人の約十分の一、五十万人が集中しているが、地方の邑や街と違って、栄秋には郷兵はいない。いるのは、すべて正規の武官のみだ。圧倒的数の不利だな。……いや、そもそも兵同士のぶつかり合いになってしまえば、栄秋がまったく無傷とはいかないだろう」

張折の発言に、蓮珠の胸がギュッと締め付けられるように痛む。

叡明がすぐに『ダメだ、無傷は大前提だ』と語気を強めた。

「栄秋を、栄秋港も含めて、絶対に死守する。この街がやられれば、この国全体が傾く。

それは玉座の有無なんて話じゃない。大陸でも五本の指に入る貿易都市、それが少しでも機能不全に陥れば、この国のまだ不安定な経済は瓦解《がかい》してしまう」

相国が北の威国と正式な終戦に至って、まだ十年と経っていない。相国東北部は、いまだ復興中で、それを支えているのは栄秋を含む相国の南半分が持つ経済力である。南部の富をいかにして北部の復興につなげるか、それが今上帝の即位時からの課題だった。この皇帝執務室に居る者ならば、栄秋のかすり傷が相国全体の致命傷になることをよく解っている。

「張折先生、春礼将軍。……あちらの条件を飲めば、本当に栄秋の無事は保証されると思われますか？」

翔央が地図を広げた机上を睨みながら二人の師に問う。

「この首を差し出して、栄秋の無事が、この国の無事が保証されるなら……」

続いた翔央の呟きを、春礼将軍が厳しく制止した。

「おやめなさい。……どんな保証もない。戦争に負けるというのは、この国がこの国であるためのすべてを失うということだ。なにひとつ、保証されるものはない。勝った国が、終戦協定を破って負けた国を完全に押しつぶすなんて前例は、歴史上いくらだってあるのですから」

友人に同意し、張折が双子をまとめて叱責する。

「相が相であることを失えば、たとえ栄秋が無傷であっても、経済的信用は地に堕ちる。考えてもみろよ、なくなった国の通貨なんて、誰が信用する？　これまで続いてきた他国との商取引はすべて停止だ。わかったか、栄秋が無傷でも意味ねえ。どこの誰が、醜いとか何とか言ってこようと、お前たちは絶対に玉座を差し出すな。差し出せば、その瞬間にこの国の負けが確定する」

声を荒げた張折が、机上の大陸地図の真ん中に拳《こぶし》を落とす。

「わかってねえのは、あいつらだ。自分たちが栄秋を手に入れれば、それでうまくいくと思ってやがる。そんな都合のいいことあるかってんだ。まともに国を成立させてこなかった奴らが通貨信用の後ろ盾になんてなれるわけねえ。どの道、経済的破綻《はたん》は免《まぬが》れないってのに」

叡明が二人の師に頷いてから、片割れの頬を軽くたたく。

「いいかい、翔央。僕は、あんな連中に玉座を差し出すつもりないからね。だいたい、おとなしく玉座を譲ったところで、郭家が無事で済むわけがない。最低でも、郭家の者が、最悪は郭家に連なる者として、皇妃・宮妃もまとめて処刑される。……わかったね、翔央。君が皇帝の首だと偽って、頭ひとつ渡せば済む話ではないんだよ」

翔央の『この国を守るためなら我が身を差し出す』は、初陣の敗走から常に彼の中にある願いで、それを知っている叡明や張折、春礼将軍からしたら、絶対に阻止すべき願いである。三人で翔央に言い聞かせてから、改めて勝てなくても負けないことで定評の元軍師が目標を提示する。

「そういうことだ。やるなら、徹底して、栄秋に奴らを入れないことだ。栄秋に傷をつけさせないし、玉座も渡さない。それしか、本当の意味でこの国が生き残る選択はねえ」

なんとも『ないない』尽くしの話だった。政の中枢にあるこの場の者たちにとって、方針の統一とその確認は必要不可欠だ。たとえこの先、一人で判断しなければならない場面に遭遇しても、この主軸からブレないものを選択すれば、だいたい間違いない。もし、多少の間違いがあっても、あとから修正可能な範囲の影響で留められる。

ここまで決まってようやく彼らの視線が蓮珠に向いた。

「呼び出しておいてほったらかしで悪かったな、蓮珠。……例の件、どうだった?」

翔央の問いに、蓮珠は緊張の表情で応じた。

「昨晩遅くには『龍義が大軍を率いて栄秋に来る』との噂が、後宮内に広がっており、不安になった妃嬪の何人かが玉兎宮を訪ねてきました」

皆が叡明のほうを見る。

「これで決まりだね。あの宴で相国側の者は留めておいたにもかかわらず、噂は後宮に広まった。龍義側と直接つながる誰かが後宮を出入りしているということだ」

叡明の断言に、翔央が同じ顔で眉を寄せる。

「かなり危険だな。妃嬪を人質に取って、実家に言うことを聞かせるという手段に出られるかもしれない。蓮珠、なるべく自然な形で妃嬪に一人にならないよう促せるか？　後宮に潜り込んでいる者にこちらが気づいていることをまだ知られたくない」

知ればそれこそ妃嬪を人質に取られかねない。蓮珠は臨時に妃嬪を集めるとして、どう話を持っていけば、少し考えてみる。

「……いけます。芳花宮《ほうかきゅう》の廃材運び出しのために業者を入れることになっているので、万が一にも問題が起きないように注意を促せば、皆さん一人になることも不必要に宮の外に出ることもなくなるはずです」

翔央が頷き、叡明も「それでいこう」と返してくれた。蓮珠は出かけた安堵の息を飲み込む。実行し、効果を得られるまでは安心すべきではない。

「では、そちらは任せたぞ、蓮珠」

翔央が再び机上に広げた地図を囲む面々に視線を戻す。

双子と蓮珠が話す間も地図を見下ろしていた李洸が、ようやく顔を上げた。

「ええ、問題はこちらですね。……迷っている時間がありません。本当は、もう少し時間をかけて仕掛けたかったのですが、その余裕がないので、打てる手を打ちましょう」

相国のもう一人の天才が、提言した。

午後、夏の陽が傾き始めた頃に、臨時朝議の名の下、朝堂に上級官吏が集められた。最前列の重鎮たちは昨晩遅くまで続いた宴会の影響がまだ残っているのか、いつもに比べて気怠《けだる》そうな表情をしていた。最前列は重鎮ぞろいのため、全体に高齢の官吏ばかりが並んでいる。酒が抜けにくい年頃になったということかもしれない。郭広《かくこう》は、他人事のように思うも、自身の身体にも怠さが残っていることを感じ、他人事ではなかったかと頬を引きつらせた。

例によって例のごとく、袁幾が勝手に参加している。いまはカイ将軍を伴っているあたり、官吏の臨時招集に警戒しているということだろう。袁幾がいる以上は、たいした話もできないはずだ。郭広は、やや半眼で玉座の話を聞いているフリをしていたが、自分の名が呼ばれたことで一気に覚醒した。

「郭広よ。左龍軍の御大将を、栄秋にお迎えする。その案内役をお願いしたい」

血縁上は叔父と甥ではあるが、皇帝と官吏である。その命令に逆らうという選択肢はない。それでも、念のために確認する。

「主上……？　左龍に？」

「そうだ。……頼めるだろうか」

一応、命令でなく依頼ということのようだ。考えていることが見えにくい甥の考えを覗こうとして、朝堂後方からの視線に気づく。袁幾はもちろん、カイ将軍もまた自分の答えに注目しているようだ。

「……なるほど、それは大役にございますな。この賭けに外れれば、首ひとつで帰ってくることもあると？」

とりあえず、官吏の列から玉座の前まで出る。

「その可能性は否定できない」

このお迎えの派遣に関して、事前交渉ができているわけではなさそうだ。そうなると、外交交渉としては、かなり初期の、失礼を承知で初めての交渉をお願いするところから自分で積み上げて来なければならない。

「ふむ。……主上に一つ確認を。なにゆえ、李丞相ではなく、礼部の長に？」

国家間の交渉の頭は、本来なら李洸だ。事実、凌国との交渉では李洸が動いていた。それを、わざわざ自分を指定する理由は何だろうか。自分なら首だけで戻っても、この国的にたいした痛手ではないからとかいう返答だったら、どうしようか。

「貴方の外交の腕を信じているからだ」

甥の評価に、意外なものを感じる。だが、前任者に比べれば、たしかに外交の腕はマシだろう。下に見ていたはずの威国の評価が上がることに反発し、愚かな行為に走った前任者と郭広では、明らかに外交における考え方が異なる。

威国は気に入らないとか、華国の文化は素晴らしいといった感覚が、郭広の中にはないのだ。言ってしまえば、相国以外の国がどうなろうと知ったことではない。誠意ある外交とやらにはまったく無縁な存在なのだ。ただ、それ故に、郭広の外交には不平等がない。等しくどうでもいいので、等しく相手を敬う姿勢を見せられる。外交担当者に向いているのは、この点だけだ。

「栄秋を出た後、違う龍に降るかもしれませんよ?」

選択できると言ったのだ、無茶な依頼への皮肉のひとつも返しておこうと思って、そんなことを口にしたが、玉座の甥は、またも意外な答えを寄越した。

「……貴方は、少なくともこの国を裏切ることはしない」

甥は『この国を裏切ることはしない』と言った。その裏には『自分を裏切ることはあっても』がある。やはり、呉太皇太后《ごたいこうたいごう》派の残党の言葉になど耳を貸すのではなかった。よりによって、誰よりもあの女怪を憎んでいる自分に声をかけてきたものだから、派閥が徹底的に潰れてしまうように、わざと愚かな策に手を貸してやったのだが、どうやら甥は、そのことを知っているらしい。たしかに、表面だけ見れば、アレは玉座への裏切り行為に他ならない。

それでも、郭広の外交手腕を信じ、この国のために行けと言う。郭広は、その答えが気に入った。この大胆な賭けに乗ってもいいと思った。

「左龍軍の御大将を、お迎えにあがる、ということですね。……礼部の長として、そのお役目、謹んでお受けいたします。では、すぐにでも出立いたしましょう。あちらが先に着いてしまっては、格好がつきませんからな」

その場に跪礼して、話を受ける。この国を傷つけられないためには、主上の選択できっと正しい。あとは、自分が『交渉』の段階に持ち込むだけだ。

「ああ、頼んだ。……では、臨時の朝議は、これで解散とする。悪く思わないでくれ、周知の時間を惜しんで、ほかの者にも集まってもらったのだ。急ぎ出立してくれる郭広を、快く見送ってもらえれば幸いだ」

これは余分。かけられる声に応じていては、出立が遅くなるではないか。今回の外交は早さこそ肝心なのだから。

郭広は、朝堂を退出する皇帝のすぐ後ろについて朝堂を出ることにした。最前列からの序列など知ったことではない。

朝堂の扉の手前で、袁幾と目が合う。

「丁重にお迎えのほど、よろしく頼みますよ」

言い方が気に入らない。だが、どうでもいい。この国以外がどうなろうと、郭広にとっては、たいした関心事じゃない。

ああ、そうか、だから李丞相ではなく自分なのだ。これは、間接的に甥たちに対して引導を渡す役割だ。近すぎた彼では、情が絡んでうまく交渉できないかもしれない。

一人納得した郭広は、袁幾には特に返事もせず、ただ微笑んで黙礼だけ返して通り過ぎた。この国のこと以外は、どうでもいいから、それがどこの国の誰であれ、郭広には微笑むことができるのだ。

第五章　荷花灯、花のしるべとなる

皇帝執務室から玉兎宮に戻った蓮珠は、紅玉に臨時の妃嬪会を行なうことを告げた。妃嬪に一人にならないように促すために。

「それだけで、話がすむわけもないけど」

龍義がただ栄秋に来るのではなく、大軍を率いて来るのだということは、昨晩のうちに後宮に広まっている。それが気にならない妃嬪はいないだろう。

「郭広様がお迎えのために急ぎご出立されたのは、なにかしらの交渉のためでしょう。その交渉がうまくいけば、妃嬪が犠牲になることも避けられるのでは……」

玉香は首を振った。

「それとこれとは、別の話だとあちらは言ってくる気がします」

あれこれ考える蓮珠の横でお茶を用意していた玉香が断言する。

「甘く考えてはいけません。栄秋に手を付けないことと、妃嬪に手を付けないこととは、同義ではありません。……誰かを出すまでしつこく要求を繰り返すならまだましで、後宮に踏み込んで来るぐらいはやると思います」

なんだって、どの国も後宮に踏み込んでくるのだろうか。こちらは、穏やかに大人しく壁の中で過ごしているだけだというのに。まあ、庭に馬を走らせていたり、妃嬪を集めて読書会を開いて盛り上がる他国の公主がいたりした、多少にぎやかな後宮ではあるが。

「もしもの時は……」

呟いた蓮珠の肩を玉香がつかんだ。顔を近づけた玉香が、周りに聞こえない小声ながらも、強い口調で蓮珠に言い聞かせる。

「ダメです。蓮珠様、お忘れかもしれませんが、本来あなたは後宮に関わりない人です。威皇后として龍義の元にいくつもりですか？　皇后を差し出したなら、その時点で、この王朝は終わりです。皇后とは国の女性を代表する国母なのですから。……かといって、玉兎宮女官のあなた自身が身を犠牲にすることも間違っています。まず一介の女官では、相手が納得しません。それなら、一時的とは言え、元皇妃である私のほうが適切です」

ごもっともだった。玉兎宮の蓮珠は、威皇后かその宮付き女官か、この二つの身分しか持っておらず、そのどちらも龍義に差し出せるものではない。

「ですが、一番重要なことは、もし一人でも差し出せば、差し出すことから抜けられなくなるということです」

それでは、なんの意味もない。蓮珠の願いは、すべての妃嬪の無事だ。

「……龍義は一国の王にあたる人物です。その元に人を送ることになれば、それは公式の取り決めに則《のっと》ったものになるはずです。二度三度と要求するようなことにはならないのでは？」

「いいえ、二度三度と要求されることになると思います。前例があれば、それを引き合いに事例は積み重ねられ、いずれ慣例化されます。あなたなら、覚えのある考え方では？」

蓮珠は言葉に詰まった。それは、あまりにも覚えがありすぎる考え方だから。

「役人思考すぎると思いますか？……お忘れかもしれませんが、私も元官吏です」

玉香は蓮珠の肩から手を離すと、深くため息をついた。

「そして、この国は、歴史的に見ても稀《まれ》な『官僚主義国家』なんです。差し出す相国側こそが、その慣例化を止められないでしょう」

前例の踏襲は、数年ごとに入れ替わっていく部署の担当者が誰であっても、民にとってはいつも通りであるための予防措置だ。ただ、その本来の意味を失い悪用されることも多い。しかも、前例を踏襲することで、その悪用を止められないような仕組みにもなってしまっている。

そうだった、一度でもこちらから差し出してしまえば、龍義側からのしつこい要求につながり、それを拒否すれば、あちら側は武力で踏み込んでくるだろう。それでは解決にならない。皇帝執務室で張折も言っていたことだ。やるなら徹底して、あちら側を入れてはいけないのだ。

栄秋は翔央たちが守ってくれると信じている。だから、蓮珠が守るべきは、この後宮であり、そこに暮らす皇妃たちだ。

「……ありがとうございます、玉香さん。官吏から離れたことで、役人思考からも離れてしまっていたかもしれません。でも、大丈夫です。ちゃんと思い出しました。それに、最初の身代わりで、わたしに声がかかったのは、官吏であったからというのもありました。官吏としてのわたしを必要とされてきたのですから、そこを失うわけにはいきません」

以前、冬来からも言われた。蓮珠が冬来と同じ思考、同じ選択ができるように努力すると言った時、『それが貴女に自身を殺させることにならないのであれば』と条件付きで、努力を応援してくれると。あれは、きっと、蓮珠のままでなければならない部分があることを言っていたのだ。

「部署間の調整が行部の職掌でした。この後宮では、各部署が各宮になっているのだと思えば、わたしがすることは何ら変わりません。さあ、玉香さん、わたしたちの仕事をしに行きましょうか」

お茶を飲み干した蓮珠は、皇后らしく優雅に椅子を立つと、臨時の妃嬪会に出るために、衣装を整えようと隣の部屋へ移動する。玉香も、皇后の側仕えに相応しい立ち居振る舞いで、それに従った。

七十二候の節目に合わせて定例の妃嬪の茶会を行なっているのが、後宮の大庭園 玉花《ぎょくか》園《えん》内にある嘉徳殿《かとくでん》だ。皇妃十五人のうち、すでに中元節で都を離れた周妃を始めとする皇妃三名を抜いた十二名が集まっていた。

一様に緊張した顔をしているのは、この会が誰を龍義の元に行かせるかを告げられる場だと思っているからのようだ。

最奥の椅子に座る蓮珠は、左右に控えている冬来と紅玉に視線で確認する。二人が、余分な者が紛れ込んでいないことを無言の頷きで示すと、蓮珠はすぐに皇妃たちの懸念を払拭するための声掛けをした。

「なにか誤解があるようですが、皆さんが思っているような話ではございません。大変間の悪い話ですが、近く芳花宮の廃材撤去で外から人が入ります」

あからさまに安堵する皇妃たちの中で、一人緊張した表情を保っている楊昭儀が手を上げた。

「皇后様、それをあちら側に利用される恐れはないのですか？」

楊昭儀の発言に、下位の妃嬪たちがビクッと肩を震わせる。これに答えたのは許妃だった。

「言い方が悪いのは承知のうえで言いますね。……その気になれば、相手側はいつだって力ずくで門を開け、妃嬪の一人や二人引きずり出していると思いますよ」

たしかに言い方が悪い気もするが、そういうことだ。あちら側は、その気になれば、業者が出入りするときを狙う必要なんてない。

そこから思うに、袁幾は少なくとも龍義が都入りするまで、後宮の妃嬪を連れ出そうとは考えていない気がする。元々の計画では、栄秋入りとほぼ同時に相国側の抵抗を受けて、戦端が切られるはずだったのだから、大前提として、後宮に手をのばすのは龍義が来てからを予定していたのではないかと思われる。

となると、皇妃の安全確保の策を講じるなら、龍義の到着までが刻限になる。まだ、わずかながら猶予があるなら何かできることはあるはずだ。

「皇后様？」

考え込んでいた蓮珠に、紅玉が小声で問いかけた。

「ああ、すみません。……本題の続きなのですが、廃材処理の業者とはいえ、外部からの男性です。万が一にも皇妃と遭遇するなどの事態が発生すれば、我々もですが彼らもまた無事ではすみません。しばらくの間は、ご自身の宮を離れるのは極力避け、宮を出るときは、複数の女官を伴うように心がけてください」

居並ぶ皇妃たちが了承を示す。これはこれで重要な問題だ。皇妃は上から下まで、すべて皇帝に仕える女性であって、その女性が皇帝以外の男性との不貞を疑われることがあってはならない。もし、そのような事態が発生すれば、皇妃も相手の男性もかなり重い罰を受けることになる。

「不敬ながら皇后様のお言葉に補足を」

今日は、後宮警備隊を率いる身としてこの場に来ていた冬来が、一歩前に出る。

「先ほどの皇后様のお話は、今後起こるかもしれない事態に対しても有効です。逆に、後宮に何者かが侵入したなど不測の事態が発生した際には、女官や後宮警備隊の指示に従い、速やかにこの玉花園に避難してください。玉花園は後宮でも最も奥まった場所にある広い庭園ですから、たどり着くまでの時間や手分けして探そうとする時間に、我々後宮警備隊の迎撃態勢を整えることができます。宮に籠ったままだったり、ばらばらと逃げたりすれば、それだけ皇妃様方をお守りしにくくなりますので、ただいまわたくしが申しましたことは、何卒お忘れにならないように願います」

冬来が言うと、本当に迎撃できそうな気がする。皇妃たちも冬来に頼もしさを感じたのだろう、一様に頷いた。

皇妃たちは会の開始時に比べ、だいぶ落ち着いたようだ。蓮珠は少し考えてから、一歩踏み込んだことを口にした。

「……現時点では、まだ相手は少数です。こちらは、まとまれば相手の数倍の人数がいます。抵抗は可能なはずです。そのためにも、決して一人で行動することのないように」

袁幾たちが龍義の到着までは、後宮に手をのばさないという考えに根拠はなく、いわば蓮珠の楽観的推測でしかない。ここは、翔央と叡明に言われたことを徹底するべきだ。

最も大事なことを伝えて、本日の会の終わりを告げようとした蓮珠だったが、末席に近い下位の皇妃が小さく手を上げた。

「あの、龍義なる者が玉座を得たら、……後宮の妃嬪は、皆まとめてその下に就くというのは、本当でしょうか？」

それは、蓮珠も知らない話だった。思わず、傍らの紅玉を見る。だが、彼女も視線でまだ耳にしていない噂だったことを返した。

「わたくしも、そのような話が出ていると耳にしました」

今度は、中位の皇妃が手を上げる。全体を見れば、下位のほうから四人ほどの皇妃がこれを耳にしているようだ。

「ご安心を。そのような話は出ておりません」

蓮珠が強く否定するも、幾人かの皇妃が反論する。

「しかし、太監たちが噂をしているということは、信憑性が高いのでは？」

後宮から外に出ない皇妃や女官と異なり、太監の行動範囲は金烏宮をはじめとする皇城内全体、時には宮城側に出向くこともある。その分だけ、彼らが見聞きしてくることは多く、皇妃たちにとって太監は、信頼できる情報源のひとつなのだ。

ただ、蓮珠はその太監たちをはるかに超える、後宮から皇帝執務室、時には栄秋の街まで出向く特例の行動範囲を持つ存在なので、逆に太監の噂話に耳を傾けるということが少ない。紅玉や玉香にしても、直接外から仕入れた情報で動くことが多いので、ここは、玉兎宮だけが後宮内の話にやや遅れてしまったということのようだ。

「失礼ですが、皇后様のお耳に入らないだけでは？」

どう皇妃たちを落ち着かせるか考えていたところに、楊昭儀が挙手と許可を省略して、皇后への批判を口にした。

楊昭儀は、威皇后が威妃として後宮に入った時から敵対してきた人物だ。彼女は、建国時から郭家に臣従してきた五大家の一翼を実家とする矜持《きょうじ》がある。威妃が皇后になった今でもそれは変わらず、なにかと批判的な態度を貫いている。わかっているので、あまり正面から相手にしないと決めているのだが……。

「皇后様は威国から嫁いでいらした方。高大帝国の後継者たろうとする龍義なる男からは実家に帰されるだけでございますものね」

これは、さすがに『失礼ですが』の前置きがあっても、許されない発言ではないかと思うのだが。

楊昭儀の発言に、ほかの皇妃たちもざわつく。

蓮珠は、少しの間考えた。まず、ここは当然、皇后を頂点とする後宮の序列を示さなければならない場面だ。だが、序列を示すための叱責の程度を決めるのが難しい。

楊昭儀は、まだ十七歳と後宮でも年若い妃嬪だ。ほかの皇妃の目もあるこの場で厳しい罰を与えるのは、威皇后の狭量と見られる可能性が高い。ここは、年長の皇妃からの指導の範囲で収めるべきところだろうか。

「な、なにもおっしゃらないのは、ご自身も帰国すれば済むと思っていらしたからでしょうか？」

蓮珠が考えを巡らせていたのは、わずかな時間であったが、楊昭儀は小刻みに震える声で問う。蓋頭越しにその表情を見れば、青ざめていた。

あちら側がどう言おうと、建国百五十年、生まれたときから相国の民だった側からすれば、龍義たちこそが簒奪者だ。十七歳、まだ成人して間もない翠玉と変わらない年頃の少女が、武力でこの国を潰そうとしている者に仕えねばならないことは、どれほどの恐怖だろう。

返す言葉を悩む基準に、陶蓮珠の心が混じる。彼女を安心させてあげたいのに、そのための何かを蓮珠は持っていない。身代わりの皇后として序列を示そうとする気持ちと、歳離れた妹を思わせる少女を安心させたい気持ちとで、胸の中がまだら模様だ。

蓮珠の傍らに影が差す、冬来が一歩前に出たのだ。

「楊昭儀様。……二国をつなぐ役を果たせず帰国すれば、皇后様は間違いなく処刑されることでしょう。お言葉にも詰まるというものです」

嘉徳殿内のざわつきが沈黙に変わる。

「……処刑？」

楊昭儀だけが、見開いた目で冬来の言葉を反芻《はんすう》する。

「威国とは、そういう国なのです」

衝撃を受けたのは、蓮珠も同じだ。冬来が言ったのだから、恐らく本当に威皇后が龍義側に帰国させられたら、役立たずとみなされて処刑されることになる。きっと可能性でなく、決定事項なのだろう。

これを知っているからこそ、翔央は蓮珠を身代わりから外すと言ったのだ。威国が『役を果たせなかった威皇后』を始末する際に、巻き込まれる可能性があるから。

「では、皇后様も退路がない、ということですね」

張婉儀が半泣きのかすれた声で呟いた。

誰にも退路がない。そのことに年若い皇妃たちは嘆き、年長の皇妃たちは俯いた。

そんな重苦しい嘉徳殿の最奥で、蓮珠は突如椅子から立ち上がった。

「……あります。今だから使える退路が、ひとつあります」

誰にも見えない蓋頭の下、蓮珠は会心の笑みを浮かべていた。


冬来の制止で一旦落ち着くため椅子に座りなおした蓮珠は、皇妃たちに指示して、部屋の中央に椅子を寄せてもらい、本格的な密談の体勢を作った。

「中元節です。……後宮の妃嬪も宮に仕える女官も、帰省していておかしくない」

蓮珠の第一声に、椅子にやや前屈みに座った密談姿勢の皇妃たちが首を傾げた。その中にあって、許妃がいち早く理解し、興奮の表情で幾度も頷いた。

「実際、中元節のために後宮を離れている者が数名います。幸い、中元節は十五日の当日を中心に七月の一カ月続きます。これから帰る者が出ても、それは特別不自然なことには思われないはずです」

蓮珠が、威皇后として突きつけられた『実家に帰される』と『退路がない』の言葉から思いついたのが、この退路だ。

「ですが……、栄秋に実家がある者は、呼び出されてしまうのでは？」

楊昭儀が問う。密談体勢のせいか、先ほどまでの彼女とは違い、小声且つトゲのない口調になっていた。いや、これは単に蓮珠が一度でも彼女に翠玉に重なるものを見てしまったせいで、妹として向き合う気になってしまったからかもしれない。返す口調も、ついやわらかになる。

「大丈夫ですよ。実家が栄秋の街中にあったとしても、墓参のために郊外へ向かうのは、おかしなことではありませんから」

「皇后様のおっしゃるとおりです。皇家の陵墓に近い場所に五大家も墓を置かせていただいております。今年の清明節の時のように急いで移動する必要はありませんから、数日都を離れると言い置いて後宮を出ても、問題にはならないでしょう」

許妃が、栄秋に実家を置く同じ五大家からの皇妃として、楊昭儀を安心させる。

「皇后様、いっぺんに帰省するとさすがに勘ぐられるでしょうから、焦らずに、元から帰省を予定していた皇妃が順に帰省しているだけと見えるようにしましょう。一日に二人ずつの出立であれば、十日かからずに後宮離脱を完了できます」

若干武門の娘の顔を覗かせて提案する許妃の考えに、蓮珠は賛同を示してから、ほかの皇妃に向き直った。

「これは、お願いごとになるのですが、できれば、玉兎宮の女官は、実家が同じ方向のどなたかに連れていってもらえませんか。管理側の女官は、わたくしから高勢殿に話をいたしますので」

全員から了承を得て、それぞれに密談体勢から身体を起こした。

どの皇妃の表情も、先ほどまでとは違い、明るいものに変わっている。

だが、その中で、まだ暗い顔をした妃嬪が数名いた。

「あの……、皇后様は、どうなさるおつもりで？」

それを問いかけてきたのは、楊昭儀だった。実家への帰省という退路を得た皇妃たちと異なり、威皇后には帰省という退路もない。

「残ったのがわたくしだけであれば、それこそ龍義も手は出さないでしょう。皆さんは気にせず、『中元節のための帰省』を手早く進めてくださいね」

その後に残される側のことについては、あえて言及しなかった。

夕刻、翔央が玉兎宮に渡ってきた時、蓮珠はまだ書斎で書類仕事をしていた。

皇妃の里下がりは、皇后が許可することになっている。里下がりの申請には、旅程や同行者（本来は実家から連れてきている侍女など宮付き女官）、後宮から持ち出すもの（通常は主に実家への土産《みやげ》）などを細かく申請することになっている。妃嬪であっても女官であっても、勝手に後宮を出ていいわけがなく、勝手に持ち出していい物もないからだ。急ぎで書かせたことと、栄秋実家組には墓参で都を離れることも申請内容に含めたため、記載不備などがそこそこあって、蓮珠は下級官吏時代の窓口業務を思い出しながら、申請者にわかりやすく修正内容を書き出してそれを添えるようにした。

「……はて、ここは宮城であったか？」

翔央の声がした。いつの間にか主上がお渡りになる時間になっていたようだ。玉香には役人としての仕事をするようなことを言っていたが、本当に官吏時代とやっていることが変わらない。

「主上、お早いお渡り大変助かります。ご確認いただきたい書類がございまして、お待ちしておりました」

掛ける言葉も、皇帝の寵姫《ちょうき》でなく、上司待ちしていた官吏のそれだった。

「こちらです。凌太子様のご出立が延期になりましたので、中元節の帰省を遅らせていた妃嬪たちに、帰省の許可を出そうと思います。よろしいでしょうか？」

手元の書類から顔を上げ、帰省する妃嬪の名簿を渡す。もちろん、後宮に今残っている全皇妃の名があるわけだが、どこかにあるかもしれないあちら側の者の耳を意識し、名簿を見る翔央にだけ、それが伝わればいいと思って、聞く限りでは一部の者だけ帰省するかのような言い方にした。

「……そうだな。遠方の者は、明日にでも出られるように手配してやれ。この時期、都の出入りは、どうしても込み合う。皇妃ともなれば、側仕えを伴っての帰省になるから、どうにも大人数で移動せざるを得ない。少しでも早いほうがいいだろう」

翔央は名簿に目を通すと、少し離れた場所に控えていた秋徳を呼び寄せ、皇帝執務室に名簿を届けるように言った。

「通行許可を早く下ろすように、李洸に言い添えてくれ」

跪礼の姿勢から両手で名簿を受け取った秋徳が、書斎を出ていく。その間、必要最低限の言葉しか口にしなかった。皇帝の側仕えというのは、こういうものなのだろうか。身代わりの初期から、気軽な会話を交わしてきた仲だけに、少し寂しい気もする。

「……ありがとうございます、主上」

気を取り直して謝辞を述べると、蓮珠は書類をまとめて机上に置いた。

さすがに皇帝のお渡りのあとも仕事を続けるというのはやってはいけないことなので、本日の業務はここで終了としなければならない。

「紅玉、修正が必要な宮に返却をお願いします。添えた紙にどこをどのように直せばいいかを記載しておりますので、明日の昼までに再提出いただきたいと伝えてください」

「畏まりました」

戻しの書類を受け取った紅玉が、玉兎宮の女官を伴って書斎を出ていく。

残ったのは、玉香だ。

「玉香、こちらの帰省を許可した書類をお渡ししますので、宮を確認し、帰省を許可した旨を伝えてください。……この書類と本日見られなかった分の申請書の管理は玉香にお任せします。あとをお願いしますね」

「畏まりました、皇后様」

誰がいつ、どのような日程を組んで後宮を離れるのかをあちら側に見られるわけにはいかない。特に同行者の一覧を見られれば、本来の宮付き女官以外に玉兎宮や後宮管理側の女官が含まれているのを知られてしまう。そうなれば、この帰省に裏があることに気づかれる可能性が高い。だから、絶対に信用できる人物にしか書類に触れてほしくない。

玉香と目が合った。一度目を伏せてからもう一度目を合わせる。蓮珠の意図は通じているようだ。安心して、翔央とともに書斎を出た。

寝室に入ると、寝台ではなく、くつろぐための長椅子に翔央が倒れこんだ。

「お疲れですよね。申し訳ございません、毎日お渡りいただいて」

寝台に倒れこんではそのまま寝てしまいかねないので、翔央は長椅子を選ぶ。蓮珠が知らない朝議や皇帝執務室の出来事、決定事項を伝えるために。逆に蓮珠からは後宮内で集めてきた情報を伝える。龍義側の手の者が後宮に出入りしているのはほぼ確実となってい る状況で、蓮珠の情報もまた重要だった。

「気にするな。いや、むしろ感謝している。ここに来るから俺は休める。……片割れと李洸はまだ執務室だ」

翔央は、あえて叡明の名を出さなかった。心からは休めているわけではない。

長椅子に横たわり天井を見上げていた翔央が、上掛けをかけようとする蓮珠の手を強く引いた。翔央の腕の中に倒れこむ形になった蓮珠が抗議に顔を上げると、間近で目が合った。

「…………蓮珠、お前も後宮を出てはどうだ？」

掠れた小声の囁きに、蓮珠は無理に笑みを作る。

「許可を出す側が帰省するわけに行きませんよ」

「この仕事中毒が。お前だって玉兎宮の女官だ、他の者と一緒に……」

蓮珠は首を横に振った。

とうの昔に故郷は失われ、帰る場所などない。すでに官吏ではない蓮珠には栄秋に居場所もない。唯一の家族だった翠玉は、本来いるべき場所に戻ったのだから、共にいてくれる人もいない。そんな自分が、後宮を出てどうなるというのだ。

蓮珠はゆっくりと身を起こし、翔央と距離をとった。

「大丈夫ですよ。いまのわたしは威皇后ですから、あちら側から声がかかることはないでしょう」

翔央も身を起こすと、蓮珠に詰め寄る。

「袁幾と同じく、龍義も高大民族以外に目を向けないと？　本当のところは、わからないだろう」

翔央の疑念に、蓮珠はにっこり笑って断言した。

「大丈夫ですよ。龍義は、だいぶ前に威国に手を出して、痛い目に遭っているとのことなので、異民族嫌いは本当だそうです」

「威国に痛い目って……いったい誰が何を？」

蓮珠は即答せずに、ただ、にこにこと笑って見せた。

「……あ、いい。なんとなく誰かわかった。あと、義姉上がなさったのなら、非常に的確な一撃であっただろうから具体的に何をしたかは聞かないでおく」

翔央が自ら身体を引き、長椅子に背を預ける。元武官の翔央には、威国流の痛い目に遭わせるに心当たりがあるのかもしれない。

詳細は蓮珠も聞いていないので、翔央が引いてくれて良かった。

「では、なにがあったかという話は横に置いておきまして……。冬来殿からは、この件は袁幾も知っているはずなので、龍義の前に威皇后が出てくることさえも許されないのではないかと言われてしまいました」

嘉徳殿から玉兎宮までの戻り道、蓮珠は冬来と今後の龍義対応について話をした。皇妃の帰省には最低一人の後宮警備隊を同行させるなど安全面での話が中心だったが、ほかの皇妃・宮妃が出ない分、自分が龍義の接待の場に出ようと考えている話をしたら、あちら側がそれを許さないだろうと言われたのだ。

「ならば、ますますお前が後宮を離れてもいいのではないか？　龍義の前に出ないなら、身代わり仕事をする必要もないのだから」

蓮珠は、冬来にしたのと同じ反論をする。

「いいえ。よく考えてください。冬来殿のおっしゃったことで確定しているのは、龍義の異民族嫌いとそれを袁幾も知っているはずの二点です。龍義の前に出ることさえも袁幾が禁じるかどうかは確定ではありませんから」

すかさず、翔央が呆れ顔で突っ込む。

「いや、ほぼ確定だろう。初回の時、袁幾は皇后がその場に居ることさえも拒んだではないか」

これを蓮珠は手の平ひとつで制した。やってから不敬な行為ではないかと思ったが、勢いのまま、さらなる反論を翔央にぶつける。

「それにこれは、龍義にとっても必要なことです。張婉儀様が申しておりました。高大帝国が崩壊に至った一因は、徹底した異民族無視にあったと。仮にも龍義が新生高大帝国を治めるというのなら、ここは旧帝国の二の舞とならないように、高大民族以外の民族とも向き合い、交渉することを覚えるべきではないでしょうか」

帝国を名乗る以上、領土は大陸の大部分を占めることになる。そこが大陸北方でなくても高大民族以外の少数民族は存在するのだ。異民族無視の姿勢を貫くのは無理がある。

「……落ち着け蓮珠。お前が、龍義に君主のなんたるかを教育してどうするんだ」

言われて少し冷静になった。敵対する相手に政道を説こうなんて思わないし、そもそも自分が政道を説けるようなご立派な人間だとも思わない。

「そうでした。冷静になって話を戻します。わたしが言いたいことはただ一つ、こちら側の推測で決めてしまわずに、本人に聞けばいいということです」

瞬間、翔央の表情が険しくなる。

「本人だと？」

「はい。袁幾殿ご本人に」

翔央がガクッと下を向き、なにか色々な言葉を飲み込んでから、飲み込み切れなかったらしい叱責の言葉を蓮珠に飛ばしてきた。

「冷静になれと言っている。自ら、のこのこと敵の前に出ていくやつがあるか？」

蓮珠としては心外だ。

「いたって冷静です。それに、すでに会見の依頼は出してしまいました」

再び下を向いた翔央が、今度こそ言葉を飲み込み切ったようだ。ただし、上げた顔の目はまったく笑っておらず、蓮珠をじっと睨み据えていた。


袁幾との会談は、金烏宮で行なわれた。お互いの全身が見えないように置かれた衝立を挟み、社交辞令的なあいさつの後、蓮珠はさっそく本題に入った。

「宮妃不在時の儀礼について、これを職掌とする礼部に問い合わせいたしましたところ、妃嬪の代表は皇后である以上、龍義殿の宴席には自分が出るのが妥当であるとの回答が参りました」

宮妃不在時の皇后出席は相国の決まりごとに則ったものであると示したわけだが、袁幾は間髪入れずに一蹴した。

「妃嬪の代表する者は、高大民族以外認めん。これは最初から申しておる」

冬来の予想どおりであり、翔央の言っていたとおりだった。

「……では、宴席に相国側の女性は出席しないということで」

蓮珠は用意していた回答で話を終わらせることにした。皇妃を宴席に出さなくて済むなら、それはそれでこちらとしても望むところだ。

「無礼ではないか？」

男だらけの宴席は、袁幾側の望むところではなかったらしい。とことん、お互いの希望が合致しない。

「最高位の皇妃がいるのに、下位の皇妃を出すことのほうが、外交の常識としては無礼にあたると考えております。……それ以前に、この国はこの国の決まりごとに沿って動くのです。それを認めるとか認めないとか、そちら側が言うことではありません」

交渉にならないなら、いっそのこと完膚《かんぷ》なきまでに決裂することで、皇妃の誰も宴席に出なくてすむようにしようと、蓮珠は先ほどまでより言葉を強めた。

衝立の向こうが沈黙したかと思うと、不気味な笑い声が部屋に響く。

「……そうか、それほどまでに自分が出ることにこだわるのは、先のないこの国で龍義様に命乞いしようということだな？」

極めつけに下らない誤解だ。呆れかえった長いため息を十分に聞かせてから、蓮珠は反論に移った。衝立と蓋頭とで袁幾からは隠されているが、彼に向ける視線は冷たく睨んでいた。あの威皇后が命乞いをしたことになどさせるものか。

「……おかしなことを。間接的命乞いで、わたくしを出席させたくないのは、そちらではございませんか？　わたくしが龍義殿の前に立った時、膝を折るのはどちらか、お試しになります？」

衝立の向こう側が沈黙した。どんな顔をしているやら、悔しそうな顔だろうか。

蓮珠は逆に袁幾に尋ねてみた。

「だいたい、なぜそれほどまでに皇妃を宴席に出したいのでしょうか？　宴席に華やぎが足りないということもないでしょう？　城が招いた芸妓は、どなたも相国屈指の舞姫ばかり。正直申せば、彼女たちを貸し切ったことで城は恨まれております故、華やぎはいらないということなら呼ばないように申しましょうか。お安くもないのですから」

このあたり、礼部で接待準備をやってきた感覚が出る。

「城に呼んでやるというのに、金がかかるのか？」

これが新生高大帝国の一般的な考え方なら、旧帝国より短命で終わりそうだ。

「彼女たちの芸に対価を払うのは、あたりまえのことです。先日の宴席の料理も、栄秋の有名な酒楼に城まで来て作ってもらいました。こちらもそれなりにかかっております。我が国は栄秋にお越しいただく他国の方々にも栄秋の良さを感じていただくために誠心誠意尽くしておりますよ。それを無礼だの、なんだのと……」

決して豊かではない国の懐事情からすると、虎継殿を会場にする宴席はけっこう無理して用意している部分が大きい。虎継殿を使うのは、主に外交上必要な宴の時だけだ。皇后が威妃としてお輿入れになった時に虎継殿を使って宴を行なったのも、威妃が威国から嫁いできた妃だったからだ。ほかの国内から入宮した妃嬪は、入宮式のみ行なわれたと聞いている。

「恩着せがましい。……芸妓より皇妃だ。龍義様に仕えるのは、相応の身分になければならない」

つまり、龍義の新たな妾《めかけ》を見つけるために、ここを都にするということか。あまりにも馬鹿げた話ではないか。他国に大軍率いて押しかけ、玉座を寄越せと脅しておいてやることがお見合いって、どういう状況だ。

「耳にする限りでは、龍義殿の後宮には、すでに多くの女性がいらっしゃると聞いておりますが、相国に来てさらに女性集めとは……、なんというか、飽和しませんか？」

袁幾の言葉遣いに合わせて、蓮珠も遠慮のない言葉で疑問を投げてみた。

「龍義様が、お心を傾けるほどの方にお会いになっていない。飽和などせん」

なるほど。御大将が好みの女性に巡り合っていらっしゃらないから、果てしなくお見合いを重ねていると。迷惑も甚だしい。

「まだ寵姫がいらっしゃらないということですか。……ですが、高貴な身分にある者というのは政治的な理由により縁付くことがほとんどではないですか。好みが云々《うんぬん》言っているような立場ではないだろうに」

この考えに、袁幾が軟化した。おそらく、袁幾自身が龍義の選《え》り好《ごの》みに対して思うところがあるからだろう。

「我々だってわかっている。だが、事実として、龍義様には、まだ後継者がいない。一日でも早く、跡継ぎが必要だ。危険が多い大陸中央では、跡を継ぐ者がいないことは大きな弱点となるからな。……ところで、こちらも耳にした話がある。あなたが立后する直前、わずかな期間だがこの城の主である男が通った身分の低い妃嬪がいたと聞いている。一時であれ心変わりをさせることができた者がいるなら、その者を龍義様に」

心変わりさせたいということか？　それは、逆に言うと、龍義が一途に思うが得られない相手がいるという話ではないか？

いや、それよりも重大な誤解がある。その立后式直前に皇帝が通った皇妃は、蓮珠のことだ。あれは、立后式参列のために相国入りした威公主の世話係として後宮に入っていた時のことだ。女官扱いで後宮入りしたことを心配した翔央が、夜にお忍びで会いに来てくれた。そのことが、皇帝が女官と二人で会ったことにされて、蓮珠は翌朝には威妃の立后を阻もうとする勢力に担ぎだされたのだ。その上、叡明がそれを利用して、立后を阻もうとする勢力を一掃するための策を仕掛けたことで、やり取りのため数回、女官から皇妃に担ぎ上げられた者にお通いになった……ということになっている。のちに、朝議でもこれは女官を通じて潔斎《けっさい》で籠っている威妃とやり取りしていただけというオチがついた話だったのだが、どうもこのオチは袁幾の耳に入っていないようだ。

よりによって、あの時の件の誤解が、袁幾の期待を煽る話にされているとは。

「龍義様に侍《はべ》る女性は、新生高大帝国の後継者を産む可能性があるから、異民族ではなく高大民族の女性にこだわらねばならない」

たしかに、その一時の寵愛を得たことになっている身分の皇妃は、高大民族である。ただし、故郷をなくした戦争孤児で、元官吏で現玉兎宮女官。『相応の身分』というのに、ない者なのだが。

「龍貢様には、二人の妻しかいないが六男六女の計十二人の子がいる。しかも、年長の子は、すでに政治に参加できる年齢だというのに……」

それは、玉香の集めてきた情報にもあった。

龍貢は龍義の父親の末弟である。この龍義の父親の龍省《りゅうしょう》が大陸中央統一の目前で病に倒れて亡くなる。龍姓を中心とする大集団は、龍省のすぐ下の弟であった龍角《りゅうかく》が継いだ。ところが、この龍角がわずか数日後に戦死してしまう。あまりにも短期間のことで龍角による後継者指定もなかった。ここに至り、龍姓の大集団が後継者を巡って二分することになる。龍省、龍角と続いたのだからこの兄弟の末弟である龍貢が順当とする派閥と、龍省の後継と考えれば、龍義のほうが正統であるとする派閥だ。龍省の末弟であった龍貢と、龍義では、叔父と甥といっても年の差が八歳しかなかったからだ。

ただ、この八歳差で、龍貢には六男六女もの子がいて、龍義には一人の子もいないとなると、袁幾たち龍義側の焦りに頷けなくもない。他国の迷惑であることには変わらないが。

「……高大帝国の崩壊それ自体が、直系後継者不在による、傍系後継者同士の争いでしたね。確実な後継者がいないというのは、それだけで不利ということですか」

蓮珠が多少の理解を示すと、袁幾が不快の声を上げた。

「異民族の女が、なぜ大陸中央の歴史を知っている？」

威国の人々が大陸中央の歴史を知らないというのは偏見だ。大陸の歴史については、威公主とも話したことがある。大国同士が国境を接しているこの大陸で、どの国だって国境を接する隣国のおおよその歴史ぐらい学んでいる。まして、威国は大陸中央とは大河を隔てることなく接しているのだから、むしろ相国の者よりも大陸中央について知っていることが多い。

ただ、それを袁幾に教えてやる必要はない。威国の実情を相国民の蓮珠が語るのも筋が違うことだろうから。

「……相国皇帝陛下の肩書には『歴史学者』というのもあります。日頃の会話にも歴史を知っておりませんと円滑なやり取りができませんから」

ある種、投げやりな回答を返したところで、衝立の向こう側、袁幾の後方で扉が開く音がした。

まさか、会談の場でこちらになにか仕掛けようというのか。

身構えた蓮珠だったが、衝立の向こう側から袁幾の少し焦った声が聞こえてきた。

「カイ将軍……？　なにかあったのか？」

どうやら入ってきたのは、カイ将軍らしい。袁幾の声からいけば、想定外のことのようだ。それでも蓮珠は、自分の斜め後ろを見て、紅玉を確認した。立っている彼女には、衝立の向こう側が見えるからだ。紅玉は、カイ将軍であることを肯定するも、蓮珠に手で後方に椅子を下げるように合図を送ってくる。

それに従って、蓮珠は音をたてないように気をつけながら、衝立との距離をとった。

「龍義様より、袁幾殿宛てに書状が」

椅子を動かす時、衝立の向こう側から聞こえたのはカイ将軍の声だけだった。

その後、少しの間をあけて、袁幾が硬い声音で会談の終了を告げる。

「あなたとの会談はここまでとしよう。……郭叡明と話さねばならなくなった」

袁幾が椅子を引く音がした。彼は意外にも、外交の常識を守り、衝立の前でいきなり立ち上がるようなことはしなかった。

「明日にも到着ですか？」

カイ将軍の問い掛けに続き、紙をぐしゃりとつぶす音がした。袁幾が書状を握りつぶした音のようだ。よほどのことがあったのだろうか。つられて、蓮珠まで緊張してきた。

「龍義様は出発すらしていない可能性が高い。……栄秋が本当に服従しているのか、服従の証拠として人質を寄越せと言ってきた」

これには、蓮珠が思わず立ち上がりそうになり、紅玉の手に止められた。

「郭広殿が向かっている旨の手紙を送ったが、その到着前に書かれたのだろう。受け取ってしまった以上、書かれた内容に応じなければなるまい」

声しか聞こえてこない分だけ、その声に込められた感情が強く伝わってくる。袁幾は、計画の狂いに憤りを感じているようだ。なにか、袁幾が焦る理由が後継者問題以外にもまだ隠れているような気がしたが、次の言葉で蓮珠の思考は止められた。

「威国の女よ、人質として差し出せる妃嬪をすぐにでも決めておくことだ」

計画が狂ったのは、こちら側も同じだった。それでも袁幾の発言に感じた引っかかりを手繰り寄せたくて、蓮珠は衝立の向こうに声をかけた。

「袁幾殿はずいぶんと振り回されておりますのね。貴方は、もっと冷静な方という印象でしたが。……なぜ、そのように劣勢に甘んじていらっしゃるのです？」

怒らせるか、本音を言わせることに成功するかは紙一重だった。

しばしの沈黙の後に聞こえてきた袁幾の声には、憤りはなく諦念にも似た冷めた響きがあった。

「初めからここに居たのだから、ここで生きるよりない。それこそ、政治的な理由による縁だ。致し方あるまい」

栄秋の街で会ったカイ将軍の言葉を思い出させるものだった。

第六章　荷花灯、星影を焦がす

袁幾との会談終了から一刻半、蓮珠は急ぎ約束を取り付け、高勢と会っていた。場所は、本日廃材運び出し作業中の芳花宮の院子（中庭）だった石敷きの一帯。

遠目に見ている作業員たちからすれば、野ざらしの大きな石に並んで座るお祖父《じぃ》さんと孫娘《まごむすめ》だが、その実は後宮管理側の頂点である内宮総監《ないぐうそうかん》と後宮妃嬪の頂点たる皇后という、万が一にも失礼があれば首が飛びかねない、なかなか怖い組み合わせだった。

それぞれにお付きの侍女、太監が日よけ傘を差しかけており、近づかないほうがいい雰囲気は漂っているが、そこまでの大物がこんな場所にいるとは作業者の誰も思っていないようで、和やかな声を掛け合いながら廃材を運び出していく。栄秋に近づきつつある危機なんて、かけらも感じさせないごく日常の風景に見えた。

「高勢殿。……後宮の妃嬪から誰か一人、中央に人質として送り出さねばならないとしたら、どういう基準で差し出す妃嬪を選ぶものなのでしょうか」

玉兎宮の寝室とは違い、ここでは、どこでどう聞かれているかわからないので、蓮珠は話題の冒頭を隠し事なしの相談にした。

「なるほど、そのような話が出ましたか。……このあとの主上のお呼び出しも、その件でしょうな」

驚いたようなことを言うが、すでに知っているようで、深い皺に埋もれた目をわざとらしく見開いている。

「それはまた難しいお話ですな。知る限り我が国では前例がないことですから、まずは法令を確認する必要があります」

こちらこそ、なるほどだ。基準を確認しているので選定するのに時間がかかると回答することで、時間を稼ぐことができるかもしれない。

「ただ、選定基準がわかったところで、それを元に選んだ皇妃に行けと告げられるかどうかは、また別問題ですぞ」

高勢の厳しい視線が、蓋頭越しに蓮珠を射抜く。皇妃の誰かに龍義の元へ行けなどと告げられるはずもない。ようやく退路を見つけたというのに。

「本音は、……誰も行かせたくはありません。誰かを犠牲になんてしたくない」

玉香に言われた。皇后として手を上げるわけにいかず、女官では手を上げる資格がないのだと。だが、誤解とはいえ、袁幾が探す『ほんの短期間でも主上の寵愛を得た皇妃』というのは蓮珠なのだから、それを話して陶蓮珠として大陸中央へ行くというのも……。

「その犠牲にしたくない『誰か』に、ご自身を数えることをお忘れになってはいけませんよ、皇后様」

押し黙った蓮珠の心のうちを見透かしたかのように高勢が釘《くぎ》をさす。

「まずは皇后様がなさるべきことは、妃嬪のどなたかを人質として大陸中央に送り出さねばならない件が、皇妃のどなたの耳にも入らないようにすることです。……拒絶の気持ちが高ぶり、自害を選ばれる方が出るやもしれないですからな」

聞こえたのだろう、後方から傘を支える侍女と太監が息を飲んだ。ありえない話ではない。他国に送られる前例はないが、父親の失脚で後宮を出ることになった皇妃が思い詰めて自害した例はいくつかあったはずだ。

「それでも大至急で選んでいただかねばならないというのに、暢気にこのような場所で密談をしているとは……」

その声と同時に、傘が作る影の外側に人影が現れた。

「袁幾殿、なぜ、ここに……後宮にいらっしゃるのですか？」

近づかないほうがいい雰囲気を出したところで、こういう人物は寄ってきてしまうものらしい。

蓮珠の問いかけに、袁幾が悪びれもせずに返した。

「門が開いておりましたので、入らせていただいたまでのこと」

後宮は、皇城の奥の奥。たまたま通りがかったら門が開いていたというような場所ではない。まして、狙って入ってこなければ、たまたま後宮に入れて、たまたま自分たちの前に立つとか、ありえないではないか。華王の『火事で入ってきた』のほうが、まだマシだ。言い訳にもならない言い訳なら聞かなかったほうが良かった。蓮珠は蓋頭を被っているのをいいことに、思い切り呆れ顔をしてやった。

「それは、廃材を運び出す者たちのために一時的に開いているだけです。閉門・開門にかかわらず、出入りの許可を得ていない者が通っていいわけがないでしょう」

咎める蓮珠を見下ろし袁幾が勝ち誇ったように言った。

「そんなことを言って、妃嬪を逃がす算段であろう?」

これには、高勢が笑い声をあげた。

「なにをおっしゃるかと思えば……。妃嬪の方々を逃がす気があれば、堂々と開門なんていたしません。だいたい、見ておわかりになりませんか? 皇后様とわたくしは、廃材処理の立ち会いをしているだけです」

高勢が廃材運び出し作業中の工夫たちを指し示す。一瞥しただけで興味のなさそうな顔をする袁幾に、高勢が今度は喉の奥を鳴らして笑う。

「まあ、考えれば無理もない。なにせ大陸中央の方々は、破壊行為で廃材を出すのが専門。その後、どのように処理をしているかなどご存じないのでしょうから」

不快を隠せないのは、袁幾の悪癖ではないかと思う。おそらく、どこからか後宮の門が開いていることと、この場所で皇后と内宮総監が話をしていることを受けて、龍義に送り出す皇妃を逃がされてはならないと焦って来たのだろう。蓮珠との会談から一刻半、龍義からの書状の返信を書いていたところだったのかもしれない。

「こんなことが、皇后や内宮総監の仕事だというのか！」

声を荒げる相手を間違えているとしか言いようがない。百戦錬磨の内宮総監は武官の恫《どう》喝《かつ》ぐらいで動じない。むしろ、空とぼけた調子を楽しんでいるように思える。

「相国は役人の国にございます。なにごとも、決まりごとに則って正しく行なわれているか、責任者が確認する必要があるのです。ここは、後宮ですから、表の官吏に立ち会いはできません。そうなると後宮の責任者という立場にある皇后様と内宮総監のわたくしが、立ち会いをすることになる。なにもおかしなことではございますまい」

高勢に全面同意だ。役人の国、相国の元官吏として、蓮珠も作業立ち会いを幾度も経験している。新人官吏の頃、先輩から言われたのは『官吏は確認が仕事の八割』だった。書類仕事しかり、立ち会い作業しかりである。

「ここは後宮ですから、万が一のことがあれば、皇妃はもちろん作業者も無事ではすみません。何事もないように責任者が立ち会うのは当然です」

もっともらしく言って頷けば、高勢が「大陸中央の方は後宮の何たるかがわかっていないようだ」と頭を軽く振って嘆く。

「だいたい、主上にご満足いただくため、夜伽《よとぎ》の選定を相談するなど、皇后と内宮総監はよくよく話し合いを行なう間柄であり、それはどこの後宮でも同じことでございますよ。……ああ、そうでした、龍義様におかれましては、多くの女性をその後宮に囲いながら、いっこうにご満足されていないというお話をお聞きしておりますので、皇后様の立場の女性がいらっしゃらないわけだ。これは袁幾殿がご存じないのも無理ないことでしたね」

いまだ立ったままの袁幾を、石椅子に座る高勢が仰ぐ。袁幾が言い返さないことを確認してから、体の向きを並んで座る蓮珠のほうに向ける。

「……そうそう、忘れておりました。この高勢、恐れ多くも皇后様に進言せねばと思っておりましたことがございます。龍義様は、先ほども申しました通り、どの女性にもご満足されていらっしゃらないとのこと。ここは妃嬪のどなたかに行っていただくより、選りすぐりの見目麗しき太監を向かわせたほうがよろしいのでは？」

威皇后に進言と言いながらも、深い皺に埋もれがちな目が視線だけ向けているのは、袁幾のほうだった。ただ、袁幾は自身の足元を睨みつけていて、気づいていないようだ。

「……選定と支度で三日だけ待つ」

しばらくして、袁幾が歯ぎしりとともに絞り出した言葉がそれだった。

「三日……」

返しながら、蓮珠はこれから三日の間に帰省する皇妃と女官を頭の中に浮かべる。

「そうだ、三日だけ猶予をやる。皇妃を選べ。太監なぞいらん」

吐き捨てた袁幾が踵《きびす》を返し、足音荒くその場を去っていった。

「ふむ。……噂はあながち嘘《うそ》ではないようで。龍義様の後継者問題は、ご本人の好みの問題が大きく絡んでいるようだ」

どうやら高勢も色々と情報を集めていたようだ。

高勢が袖で口元を隠すも、目尻が皺ごと持ちあがっている。袖の下ではニタリとしているのかもしれない。

「それは、どういう……？」

「太監故に耳に入ってくると申しますか、拾い上げてしまう情報というのがございます。……雲鶴宮様のご生母小紅様が相国に嫁がれてきた際に、龍義様はこの花嫁行列をご覧になったそうで。なんでも大陸中央での闘争を避けて一時期は華国に暮らしていらしたとか」

蓮珠の中で、少しばかり大衆小説好きの血が騒ぐ。これは、もしや……これから嫁ぐ花嫁を見初《みそ》めてしまう青年の切ない恋の物語なのでは。

「で、では……、龍義殿の想い人は小紅様？」

これは、飛燕宮様と凌国に向かわれて良かった。雲鶴宮様に伴って龍義の前に出ていたら、大変なことになったのではないか。蓮珠の驚きと安堵を高勢が一蹴する。

「冷静にお考えください。花嫁行列で花轎の中の花嫁は見えませぬ」

たしかに。そもそも花嫁は嫁ぎ先での婚礼儀式が進むまで蓋頭を被ったままだ。四六時中蓋頭を被っているに等しい皇后身代わり生活の中で、そんなごく通常の感覚をすっかり失っていたようだ。

「では……、どなたを？」

「華王様にございますよ」

短い言葉の裏側に、高勢の飲み込んだ数多くの想いが見え隠れしていた。

今でこそ老獪の一言に尽きる高勢も、若かりし頃は絶世の美少年だったらしい。深く刻まれた皺で見えなくなってしまっているがその左目近くの泣きぼくろに老若男女問わず魅了され、後宮に居るのも金烏宮に出ているのも危険な『魔性の太監』と陰で呼ばれていたと、つい最近知った。同じ陰で呼ばれるにしても『三ない女官吏』とは、あまりに遠い絶賛の呼ばれ方ではないか。

聞いた話では、ある一定の年齢を境に、宦官は一気に老《ふ》け込むものらしい。高勢からしたら、五十路《いそじ》にしてあの美貌を保つ華王には、自身が失った道の先を見ている気分になるのかもしれない。

それにしても、龍義の理想の相手は華王ということか。

「……それは、大変難しいかと。わたくし、先日、栄秋にいらした華王様のご尊顔を拝見いたしました。あの方に匹敵するような美姫は、そうそうどころか、絶望的に見つけられないと……。まさか……」

華王の姪である翠玉狙い？

「皇后様、そのお話はまた後日。本日の廃材運び出し作業はここまでとし、一旦閉門させましょう。たやすく外の男を入れるなど、あってはならないことにございます」

名を口に出す前に高勢の制止が入って、なんとか飲み込んだ。

高勢が複数連れているお付きの太監に本日の作業を終了させるように指示を出す。傘持ちの太監以外が作業者のほうに向かったのを確認すると、高勢が石造りの椅子を立つ。

「……では、皇后様、御前を失礼いたします」

跪礼した高勢だったが、高齢からか立つのに少し手間取る。思わず手を差し伸べた蓮珠の助けで立ち上がるその瞬間、高勢が小さく囁く。

「先ほどの男に、我々がここに居ると告げた者がいるはずです。後宮のどこかでなく、芳花宮に居ることを知っている立ち位置の者となりますと、かなり絞られる。……どうか、周辺ご警戒のほどを」

そのあとは、慌てて傘を置いて駆け寄るお付きの太監の手を軽く払い、しっかりとした足取りで歩き出した。

後宮内に内通者がいる。それもいまこの場に。蓮珠は、去っていく高勢とお付きの太監たちが芳花宮の門の向こうに見えなくなるまで見送った。


内通者がいる。だとしたら、本音もすでに袁幾の耳に入っている可能性が高い。

「皇后様、お休みになりますか？　お顔の色が……」

玉兎宮に戻った蓮珠に、紅玉が声をかけてきた。

「……外に長くいたせいでしょうか。お茶をお願いできますか。あと、少し一人でゆっくりしたいのですが」

実際、蓋頭被って長時間夏の屋外に居ると、高大帝国時代の避暑地だった相国でも体調が悪くなることもある。玉兎宮の女官たちは疑うことなく、皇后の休憩のためにこの場を離れた。人払いが徹底されたうえで、お茶を運んできた玉香と、寝台を整える紅玉だけが残る。

「お二人に、聞いていただきたい話があります」

できるだけ、小声で二人を呼び寄せる。

「もちろんです、皇后様」

これを待っていたとばかりに、二人が蓮珠の前に跪《ひざまず》く。遠目に覗かれていたとしても、体調の悪い皇后に寄り添う女官にしか見えないだろう。

蓮珠は、念のため紅玉の顔を見て、人払いに問題がないか確認する。彼女が頷くのを見て、芳花宮で袁幾が現れてからのやりとりを二人に話し、最後に内通者の件で高勢に言われたことを相談した。

「あの場に袁幾を連れてきた内通者がいたのではないかと思われるのですが、だいぶ絞れたとは言え、あの場にはまだかなりの人がいたので……」

「……皇后様、これは思った以上に問題です」

紅玉の言に玉香が同意し、内通者を絞り込んでいく。

「紅玉さんの言うとおりですね。たとえ、袁幾がお二人が会談していると耳にしたとしても、内側からの手引きなしに、芳花宮の、しかもお二人がいる場所にたどり着くことは難しいはずです。後宮内の者の手引きがあったと考えていいでしょう。これは大問題です。内通者が後宮に出入りできる身分の者でなく、通常後宮の中に居る者なのだとしたら、皇妃様方の動向は筒抜けということになります」

動向が筒抜けと言われて、怖い考えが浮かんだ。

「後宮常勤だとすると、相手は帰省の狙いをすでに知っているということでしょうか？もしや、皇妃が白奉城の外に出たところで待ち伏せをされている可能性も……」

血の気が引いていく感覚に軽く眩暈《めまい》がした。

「お待ちください、皇后様。そこは問題ございません」

紅玉が蓮珠の手に温かい茶器を持たせ、より蓋頭に近い位置で宥める。

「皇妃様方が順次帰省する話をしたのは、二日前の定例会でした。怪しまれないように、間隔をあけて後宮を離れた皇妃様は三名。それぞれに女官が十数名従っています。さらに最低二名の後宮警備隊の者を付き添わせ、送り届けてから帰還していただくことになっております。道中なにかあれば、すぐに連絡が入るような手配もできています。いまのところ、問題ありの連絡は届いておりません」

さすが冬来の率いる後宮警備隊だった。後宮を出るまでだけでなく、道中の対策も万全であったとは。

「そうですか、安心しました」

安堵とともにお茶を飲みこんだ蓮珠に、玉香が小さく挙手する。

「いえ、安心できないかもしれません」

玉香は瞑目《めいもく》し、頭の中の情報を整理しながら話しているようだった。

「帰省された皇妃様方がご無事ということは、定例会で決まったことが、袁幾の耳に入っていない証拠とも考えられます。どうでしょう？　後宮に居て、定例会の話を知らない者が居るとしたら……」

あの時、すべての妃嬪、宮付きの筆頭女官、一部の宮付き太監が定例会の場である嘉徳殿にいた。それぞれが宮に戻って話をしたとしたら。

「話を知らないのは、後宮管理側の者ですね」

「さらに絞れば、皇后様のお言葉に従い、帰省には管理側の女官も入れていただいております。ですから、帰省の話を知らないのは、管理側の太監たちだけです。……これは、後宮を出入りできる者にも該当します。内宮総監の高勢様のお耳に入れたのが、本日の会談ですから」

蓮珠は、傍らに空の茶器を置くと、紅玉の手を取った。

「急いで、主上に連絡を入れてください。高勢様は『このあとの主上のお呼び出しも、その件でしょう』とおっしゃっていました。お二人も会談するはずです。そうなれば、場所は金烏宮。後宮から高勢様の側仕えとして従うのは、管理側の太監のみです」

紅玉がすぐに寝室を出ていく。

どうか、間に合って。蓮珠は目を閉じ、ただひたすらに祈った。

祈りの根源は悩みだと蓮珠は思う。紅玉から間に合ったと聞かされホッとしたのも束の間、袁幾に与えられた三日の期限の間に、龍義の元へ送る皇妃の件を考えねばならないことには変わらなかった。皇妃を出したくないと主張するだけでは、強行されるのが目に見えている。これから帰省する皇妃も女官もまだいる。袁幾の警戒を避けて目立たないよう少しずつ帰省させていては、三日の期限までに逃がしきれない。

それでも、どうにかしなければ。蓮珠は、あちら側の要求を覆せる手が何かあるのではないかと官吏時代の記憶をたどるが、使えそうな手がない。国の行政というのは、その国のために最適化されたものであって、他国の理不尽な要求に柔軟な対応ができるようにはなっていないので、致し方ない。このあたりは、日頃から他国と貿易している商人の得意分野であって、いくら外交を担う礼部に居たことがあっても国の決定に従って動いていた下級役人では、優位な交渉に持ち込む方法など思いつかない。

「つらそうな顔をしているな、我が妃よ。体調が悪いのだから横になったほうがいい。この身分では看病の体験など新鮮だ。ぜひ『かいがいしい夫』というのをやらせてくれ」

そんな言葉とともに皇帝陛下が玉兎宮の皇后の見舞いでお渡りになったのは、高勢との会談を取りやめてもらって一刻ほど後のことだった。

正房の長椅子で頭を悩ませていた蓮珠に歩み寄ると、翔央が手を差し伸べ、降りてくるように促した。

「我々は、こちらで待機させていただきます」

お付きの秋徳が跪礼して、主を見送る。

「ああ、しばし待っていてくれ、秋徳。どれ、我が妃は俺が寝台にお運びしよう。紅玉、玉香、寝台を整えてくれ」

翔央が蓮珠を抱き上げた。突然のことで、慌てて落ちないようにしがみついてしまう。相変わらずの色気のなさに『三ない女官吏』から、ちっとも脱却できていないではないかと、蓮珠は自身に呆れた。

寝室までたいした距離でもないので、降りようと思った後方で、跪礼していた秋徳の、ごく小さな笑い声が聞こえた。なんとなく、威宮で会った頃の彼を見た気がして、嬉しくなったところを、さっさと運ばれた。

「やりすぎじゃないですか？」

「悪くないだろう？」

翔央は楽しそうだ。そう言っている間にも、寝室についてしまう。

「助かったぞ、蓮珠。危うく、妃嬪の後宮脱出があちらに知られるところだった」

寝室に入ると第一声で翔央が言った。

「紅玉、玉香。お前たちもよくやってくれた」

寝台を整える二人を労ってから、翔央が蓮珠を壁際に置かれた長椅子に下ろす。

「ただ、妃嬪の後宮脱出を知られていなくても、現状は最悪と言える」

自身も長椅子に座ると、翔央が早速とばかりに本題を話しだす。

「後宮管理側の太監を内通者に持っているということは、いつだって門を開けて侵入できるのと変わらない。しかも、聞く限り袁幾は龍義の求めに応じることを焦っているそうだな？」

蓮珠は、金烏宮での袁幾との会談で、後方に控えていた紅玉と視線を交わしてから翔央に頷いた。

「その場で、我々の耳もあるのに『出発すらしていない』と言っていました。一刻も早く龍義を栄秋に呼び寄せたいようですね」

袁幾にとって、龍義が大軍を率いてくるというのは、重要な脅し文句のはずなのに、まだ出発もしていないなどと、こちら側に知られていいわけがない。それを口走ってしまうほど、彼は焦っていた。

「袁幾は、龍貢側の動きをそれだけ警戒していて、さっさと大陸中央に見切りをつけて、栄秋に龍義側の拠点を移したいのだろう。だが、人質を送らねば、龍義は大陸中央から出てきそうにない。そりゃあ、焦るよな。強引に推し進めている計画の根本を、総大将に台無しにされているんだから。……紅玉、後宮警備隊に後宮の門の警備を厳しくする通達を皇后の名で出してくれ。ただし、後宮警備隊経由で門番をしている武官のみに話を回すように徹底を。後宮管理側には警戒を悟らせるな。玉香、お前は金烏宮に呼び出してある李洸に芳花宮での詳細を話してくれ、その上で後宮警備隊側は、こちらで動かしたと伝えてほしい。それだけ言えば、後宮の手前、皇城の門に関しては、李洸のほうで手を回してくれるだろうから」

紅玉と玉香がすぐに寝室を出ていく。

「高勢様にもおっしゃらずに？」

蓮珠としては、高勢には警戒のために伝えておきたかった。

「大丈夫だ。お前たちからの連絡とほぼ同時に、高勢からも会談の延期の申し入れがあった。『腰痛の悪化で後宮を出られない』と、な。おそらく高勢も自分のすぐ近くに内通者がいると気づいたんだろう」

色々な意味で、さすが高勢。管理側の太監の中に内通者がいると気づいたこともだが、結果的に正しい判断とはいえ、皇帝から持ち掛けられた会談を、腰痛を理由に断るとは。

「高勢が、腰痛で動けない自分の世話をさせることで、動きを封じた太監が数名いるはずだ。そいつらが候補だろう。そちらには、すでに俺の手の者を一人送り込んだ」

そこまで狙っての腰痛設定だったとは。陰謀渦巻く後宮を長く生き抜いてきた人物は、すごすぎる。

「それにしても、人を送り込むのが早いですね。管理側の太監に入れるのは大変だったのでは？」

少し前に紅玉とも話していたことだが、相国の太監の上限は五十人。仕事の性質上、気軽に転職できるような職業ではないので、なればほぼ死ぬまで務めることになるから空きは滅多に出ない。

「以前話した玉兎宮の宮付き太監にする予定の者を送り込んだ。すぐに動けるのが、あの者しかいなくてな。今回の件が解決したら、改めて玉兎宮付きに異動させるつもりだが、しばらくは管理側に入れておいたほうが都合がいいだろう」

信頼できる者が管理側の太監に居るのは心強い。それに、忙しい秋徳を師父とした見習い時代の仕上げを高勢の下で勤め上げれば、いきなり皇后の宮付き太監になるより周囲の目の厳しさが和らぐだろう。

「あの者ならうまくやってくれる。……お前には少し不便をかけてすまないが」

「いいえ、ご配慮ありがとうございます」

翔央が信頼しているのはもちろん、叡明が許可したぐらいの人物だ。護衛を兼ねた太監として身代わりの自分とも長く付き合うことになるだろう。だから、相手には、できるだけ周囲の目を気にしなくてもいい働きやすい環境であることが望まれる。

「しばらくの間……、せめて、誰が内通者かわかるまで、玉兎宮まで来るよりないな。ここなら、知らない顔はすぐわかるし、女官さえも遠ざけることができる寝室がある。逆に言うと、ここ以外で不用意に妃嬪の処遇に関して話はしないように。いいな」

「畏まりました」

蓮珠は長椅子の上なので、略式として拱手《きょうしゅ》した。

翔央が渡ってきて話したかったことは終わったようで、疲れたのか長椅子の背に思い切り身体を預ける。

「……あちらが内通者を入れてきたなら、こちらも手の者を妃嬪と偽って龍義の元に向かわせることを検討したほうがいいかもしれない」

天井を睨み翔央が言った。

双子が行かせるとしたら、紅玉になるだろうか。こちら側で信頼できて、諜報活動もできる女性は彼女ぐらいだ。玉香は実家の情報網から頼んだ情報を引き出してくるのであって、諜報活動の訓練は受けていない。蓮珠と同じくわずかな期間皇妃だった元官吏で、いまは玉兎宮女官だ。もっとも蓮珠が知らないだけで、双子には、あるいは李洸には、敵の内部に潜入させるための女性というのがいるのかもしれない。白豹が探れたのは、龍義周辺までだった。龍義本人を探るためには、妃嬪を偽って潜り込むのは確かに有効な手なのかもしれない。

でも、それは『妃嬪を差し出した前例』になってしまうのではないだろうか。

本題を話し終えた翔央は、今日ばかりは休めないと夕餉を食べることなく、皇帝執務室へ戻っていった。皇帝執務室を出てきた時の名目が体調を崩した皇后の見舞いというか様子見なので、短い滞在で玉兎宮を出るのは自然なことだった。

紅玉も玉香も忙しく動いていて、皇后として体調不良でお休み中の蓮珠の周囲には、玉兎宮の女官が寝室の外に控えているだけだ。

静かな寝室の豪華な天蓋付きの寝台の上、身を起こした蓮珠は膝を抱えて考えた。

生まれ育った邑を失って都に来た蓮珠にとって、栄秋は第二の故郷だ。戦争が近づきつつあることをわかっていて、なにもできない自分が情けない。

「なにが、『政の中枢まで昇れば、戦争をなくせる』だ。……身代わりであろうと、玉座のすぐ近くにいるって言うのに、なにひとつ、この街のためにできないなんて」

抱えた膝に顔を伏せる。泣きたいわけじゃない、ただ、どうにも悔しいのだ。

「あら、体調が悪いの？」

その声は間近でかかった。聞き覚えのありすぎる声に顔を上げれば、寝台にちょこんと腰かけている黒一色の装束を着た少女がいる。

「威公主様？　ど、どうやってここまで？」

慌てて着ている夜着の襟《えり》を整え、上掛けを撥《は》ね除《の》けて寝室の床に跪礼する。

「普通に壁を越えて、屋根を歩いて。まあ、ワタクシほど、この城を出入りするのに慣れた者はいないから、たいしたことじゃないわ」

いや、威公主にとってたいしたことじゃなくても、相国側としては大いに気にすべき問題である。とりわけ、後宮警備を強化する通達が出されたはずの後宮で、早々に侵入を許しているという現状は、なにをどう思えばいいのやら。

「夏とはいえ、床は冷えるでしょう。うるさいこと言う者もいないのだから、隣に座りなさいよ」

「ありがとうございます。……あ、喉は渇いていませんか？　表に控えている女官にお茶でも頼んで来ましょうか？」

立ち上がったところで、威公主が笑う。

「寝室の前にいた子なら、ちょっと退いてもらっているからいいわ」

どうやって？　とは、問わないでおいた。大人しく並んで寝台に腰かける。

「お久しぶりです、威公主様。まだ国境警備の軍務に？」

持ってきてもらっていた水差しの水を差しだす。

「ええ。相国のおかげで乾集落と縁ができたから、協力体制で見張っている感じ。ただ、左右龍共に、いまは大陸北方には興味ないみたいで、静かなものよ。……静かと言えば、後宮もなんだか火が消えたみたいに静かよね」

今日また一人、皇妃が女官を伴って帰省した。残っている皇妃たちは宮に籠っている。威公主が威宮で開いていた読書会のようなにぎやかで華やいだ催しはできない。

「ちょっと、だいぶ……いろいろありまして……」

寵愛に偏りがあろうと、多少の嫌がらせがあろうと、蟠桃《ばんとう》公主として先帝の後宮を知る蒼妃からは『いい後宮』だと評された後宮の姿はどこにもない。

「色々って何事？　あと、翠玉の婚儀が遅れるとか、どうなってんのよ？」

凌国で行なわれる翠玉の婚儀に出席予定だった蒼《そう》太子から予定が延びたという手紙を受け取り、栄秋の様子を見に来たのだという。

対左右龍を考えれば、威国はこちら側なので、蓮珠は隠すことなく袁幾の訪れからあったあれこれをほぼそのまま話した。かつてはともかく、いまの威国は相国にとって、貿易相手であるだけでなく軍事同盟の相手でもある。龍義側の劣勢と栄秋に向かってくる可能性が高いという情報を共有しておくことは、威国との同盟関係を考えても重要だろうという判断によるものだ。

「こりないわね、龍義も。白《はく》姉様にあれだけ散々やられたのに、まだ穴だらけの城にしがみついてんの？」

聞き終えた威公主は心底呆れた顔をしていた。

「いや、本当に何やったんですか、威皇后様は……」

龍義と冬来の因縁について、結局詳しくは聞いていないのだが、穴ぼこだらけの城にしがみつかなきゃならないほどの何かって、何だったのだろうか。

「十数年前に、うちの国境近くまで龍義軍が来たらしいんだけど、白姉様が遊撃部隊率いて陣幕に夜襲掛けたんだって。寝台から裸の龍義が飛び出してきたって聞いたわ」

威公主は、この話を、本隊を率いていた首長の第一夫人から聞いたそうな。冬来は蓮珠の一歳年上なので十数年前だとまだ成人前の十代前半だったはずだ。その彼女が戦場で遊撃隊を率いて夜襲をかけていた。ほぼ同じ頃、双子は初陣で夜襲をかけられた側にいた。蓮珠にいたっては焼け落ちる故郷の邑から逃げることしかできなかった。

これは、威国だからなのか、冬来だからなのか。気になるには気になるが、それよりも引っかかったのは……。

「……裸、ですか？」

「ええ、着の身着のままで逃げるんじゃなくて、真っ裸。戦場の陣幕でいったいなにをしていたんだか、って話よね。さらに白姉様は撤退していく龍義の軍勢を追いかけて、大陸中央の状況を確認、拠点の城がわかったので、しばらくは北に手を出せない程度に壊してきたみたい」

当時、大陸中央はいまよりもっと中小の勢力がぶつかり合っている状態で、龍姓はまだその中の一つ程度の中規模集団だったそうだ。その集団の総大将を父親に持つ龍義は、後継者指名を得るために一旗揚げたくて、勝手に動き、恥ずかしい負け方をして逃げ帰った。

一方で、威としては龍姓軍の総大将の息子を殺してしまうと大陸中央で龍姓との全面戦争となることから、あくまで脅しに留める作戦だった。

翔央の言ったとおり、冬来はもっとも効果的な一撃で、龍義を退けたわけだ。

「さすが威皇后様です。……わたしなどでは、いつまで経ってもまともな身代わりは務まりませんね。特に今回は威国語ができるとかできないとか関係ないじゃないですか。だから、ちっとも仕事らしい仕事ができていないんです。みんなが忙しく動き回っているときに、一人寝台で膝抱えているだけの役立たずです。後宮のみんなのことにしたって、ただ逃がすことしか……」

それでは、彼女たちを守ったことにはならないのに。

「馬鹿ね。本当に何もできない者は逃がすことさえできないものよ。……そうやって、何でもかんでも自分の仕事だって言って抱え込むの、陶蓮の悪癖だと思う」

仕事を抱え込む『悪癖』か。翔央に言われる『仕事中毒』にも通じるところがある。でも、叡明や張折のように学を究めているわけでもなく、翔央や冬来のように目の前の敵と戦う技量もなく、玉香のように情報を集めてくる力もない。そんな自分がこの国のためにできることなんて、ただただ目の前の課題を片付けるために必死に働くことだけだ。

「今回乗り越えたとしても、こんな難問山積の国じゃ、陶蓮が燃え尽きて灰になるのも時間の問題ね。ん？　火が消えたようなってことは、すでに灰かしら？」

「威公主様の辛辣《しんらつ》さに、灰になりそうなんですけど〜！」

抗議する蓮珠を笑っていた威公主が、急に黙った。

「陶蓮。灰になる前に威に来る？」

真剣な表情で蓮珠にそう提案した。

すぐには言われたことが理解できず、陶蓮は沈黙する。

「だって、郭王朝が倒れれば、陶蓮だって巻き込まれるわ。身代わりってだけで、郭家の血筋でもないのに処刑されるかもしれない。……その前に、威国に逃げてしまえばいいのよ。うちなら、それこそ龍義は懲《こ》りているから、絶対手出ししてこないし、安心して」

威公主も、この国がなくなる前提で、すべてが喪《うしな》われること前提で動こうとしているのだ。ただ、翔央と違って置いていくのではなく、連れていこうとしている。

「それに生活も保障するわ。これでも公主だもの、官僚の席のひとつぐらい用意できるわよ。だいたい、陶蓮ならワタクシが後ろ盾になんかならずとも、みんな大歓迎だから、生活に困ることはないはずよ」

蓮珠の手を取り、威公主はさらに言葉を重ねる。その力強い誘いに、彼女の本気を感じる。威国語は会話だけでなく、読み書きも可能だ。威国で官吏を目指すことも不可能ではないだろう。官僚に、もう一度、国の役に立てる官僚に戻れる。でも、その国は、生まれ育った相国ではない。

「ありがとうございます。でも、お誘いはお受けできません。……わたしが、この国の官吏になったのは、この国を守りたかったからです。その思いは今も変わりません。わたしは、この国で灰になりたい」

蓮珠の手を握っていた威公主の手が離れ、そのまま蓮珠を抱きしめた。

「……本当は無理やりにでも威国へ連れていきたい。だって、これが最後になるかもしれないから」

これが最後、そのまっすぐな言葉が胸を締め付ける。

「きっと大丈夫です。落ち着いたら威国に陶蓮珠としてご挨拶に伺います。……行くときは、ちゃんと自分の足で行きますよ。一番に、威公主様に会いに行きますから」

不敬を承知で、蓮珠は威公主を抱き返した。

「…………約束よ。陶蓮が威国についたら、一番に迎えに行くから」

「はい」

互いにこぼれそうになる涙を飲み込んだ、少し鼻の詰まった声で約束した。

寝台から腰を上げた威公主が小さく「あっ」と言って、蓮珠を振り向く。

「思い出したのだけれど、ここに来る前に皇城側に出る門の近くでうろうろしている太監がいたわ。後宮警備隊のフリをして声をかけたら、夕餉に行く途中だとか言って逃げてしまったけど」

それは、もしかしなくても内通者が門を出るつもりでいたのだろう。うろうろしていたなら、通常とは異なる警備体制に気づいたのかもしれない。警備の強化が知られてしまったということか。

「……それ、たぶん龍義側の内通者だと思います」

答えながら蓮珠は考える。おそらく威公主に言った『夕餉を食べに』を理由にして、高勢の世話から離れたのではないだろうか。だとすると、高勢に聞けばその時離れていた太監ということで内通者を特定できる。問題は、こちらが内通者を特定し確保するまでに警備の強化を後宮の外に連絡する術を持っているかどうかだ。持っていれば、袁幾にも門の警備強化の件が伝わり、内通者の存在にこちらが気づいたと知られてしまう。

「……えっ？　こんな時に、後宮内に内通者が湧いて出てくるなんて、この国ちっとも大丈夫じゃないわね。陶蓮、本当に灰にならないでよ？」

威公主の言葉はごもっともだ。相国としての国の存亡がかかった大事な時期に、容易く人質を確保できる後宮内に内通者がいるとか、まったく大丈夫じゃない。

「善処します」

思い切り不安な顔をされた。

「いや、本当に大丈夫ですよ。なんといっても、威皇后様が内通者の存在を把握して、後宮警備隊に指示を出されておりますから。きっと、なんとかしてくださいます」

こういう時の冬来頼みである。そして、これが最も効くのが威公主だった。

「うん。そうね、白姉様がいるんだもの、大丈夫に決まっているわ。ま、帰りがけに、またうろついていたら捕まえて後宮警備隊にでも引き渡しておくから」

明るい笑顔で返される。何度でも言いたくなる。さすが威皇后様だ。

その後も姉自慢を口にしながら威公主が窓の外に出る。

「お気を……ん？」

蓮珠が見送りの声をかける間もなく、威公主の姿が消えていた。屋根伝いにお帰りになるのかもしれない。左右龍が北方に興味なしの様子だとしても、長く国境に置いた部隊から離れることは難しいはずだ。お忙しいのに、ここまで来てくれた上に、過分な誘いの言葉を賜った。

「威公主様は、お帰りに？」

再び寝台に腰を下ろしたところで、寝室に紅玉が入ってきた。

「……はい、窓から屋根に上がられたようです。さすがに紅玉さんは気づいていましたか」

紅玉は微笑み、蓮珠のために温かなお茶を淹れてくれる。

「ええ、まあ。ただ、あの方ですから危険ではないので、控えておりました。ただ、いつもとは違う方向に向かわれたようだったのが、気になりまして。皇帝執務室にお寄りになるのでしょうか？」

それは、おそらく、太監を見かけた門の近く以外の場所も回ってから帰るつもりなのだと思われる。威公主は、冬来には会いたいが、叡明には極力会いたくないと常々思っているようなので。

もし、太監を捕まえたら、後宮警備隊に突き出してくれるそうだから、こちらにも知らせが来るだろう。ただ、一度見つかっても、太監がまたうろうろしていたようなら、焦らなくてもいい、後宮の外への連絡手段を持っていないと見ていいだろうから。問題は、なにかしらの方法で袁幾と連絡をとれる場合だ。門の警備強化を知った袁幾はどう出るだろうか。いや、それ以前に、門の警備強化を知る前の内通者は、いったいなにを袁幾に伝えるために後宮の外へ出ようとしていたのだろう。

蓮珠は寝台を立つと、すぐに正房の扉から玉兎宮の院子に出た。耳を澄ましても、誰かが騒いでいる様子はない。威公主が言っていた『火が消えたように静かな後宮』があるだけだ。

内通者は見つかっていない。それが、単純に用心して外に出なかったのか、夕餉を理由に外に出て戻った後は高勢の監視下を離れることができなくなったか、あるいは、蓮珠と威公主が話しているその間に、後宮を出ることに成功したという可能性も。

最悪の事態を想定して動かねば、対応が後手に回る。この場合の最悪とはなんだろう。内通者が皇妃の帰省の狙いに気づくことか。いや、その一歩先、帰省の狙いの報告を受けた袁幾が、焦って後宮に踏み込み、皇妃を連れ去ることだ。もし一人でも皇妃が龍義側に奪われれば、こちらは身動きが取れなくなる。西金を占領された時と同じだ。人質をとられてからでは、どう動いても、こちらの不利になる。

おそらく、内通者が後宮を出ていても、出ていなくても、ダメなのだ。袁幾の元に行くはずの連絡が途絶えたとしたら、それはそれで、袁幾に強行突破を促す材料になる。

「すぐにでも、動かないと……」

今夜が勝負だ。できるだけ早く、後宮に残っている全皇妃を、その下についている女官とともに逃がさねばならない。少しずつでは、きっと間に合わない。身代わりになってからというもの、何度となく危機的状況に追い込まれてきた。そのたびに、もっと早く判断していたならと後悔を重ねてきた。まだ大丈夫は当てにならないと身をもって知っている。

夏の夜空の下、院子に立ち尽くす蓮珠に、紅玉がそっと声をかけてきた。

「もしや、威公主様をお探しなのですか？」

「……え？　威公主？　あ、いえ、そうわけでは……」

全く違うことを考えていたから、すぐに説明ができず、蓮珠はなにから紅玉に話せばいいのかと言葉を探す。その戸惑いに、紅玉が問いを重ねた。

「その……よろしかったんですか？」

どうやら紅玉は、威公主からの誘いの話を聞いていたらしい。

こんな風に問いかけるということは、紅玉もそれを選んでもやむなしと思っているのだろうか。ここにいれば、確実に翔央たちの処分に蓮珠も巻き込まれると。

「むしろ、あの方の誘いで、とにかく自分にできることをやらなければと焚《た》きつけられた感じで……」

蓮珠は、途切れた声をそのままに、頭の中でもう一度自分の言葉を繰り返す。

「蓮珠様？」

紅玉の顔を見る。不安そうだ。きっと、今思いついたことを口にすれば、もっと不安にさせるだろう。それでも、動くなら、今すぐだ。

「妃嬪も女官も、一度に逃がしきる方法、思いついたかもしれません。……寝室に戻りますので、大至急、玉香さんを呼んできてください。お二人にご協力をお願いしたいことがあります」

走り出す紅玉を見送り、蓮珠は寝室に戻りながら自身を鼓舞した。

「これは、わたしの仕事だ。わたしがやるんだ」

仕事中毒と言われようと、悪癖と言われようと、この仕事は身代わり皇后である自分がやってこそ意味があるのだから。


寝室に来た二人に、蓮珠は『今夜一気に、後宮に残っている皇妃と女官を、城外へ脱出させる手順』を説明した。

「なんて無茶なことを！」

玉香には、即止められた。

「いくらなんでも危険すぎます。せめて、主上にご相談を」

紅玉には、落ち着くように宥められた。

「ですが、後宮管理側に内通者がいる以上、その者が動いても動かなくても、袁幾には後宮で自分たちにとって不都合な何かがあったと伝わってしまいます。一刻どころか半刻でも早くみんなを逃がさないと手遅れになるかもしれない」

蓮珠の反論に、二人が言葉を詰まらせる。

「でも、それでは……貴女が……」

玉香が泣きそうになるのを必死にこらえながら、蓮珠に訴えかける。

「覚悟はできています。お二人は、あの時と同じように他の宮への連絡や後宮警備隊との連携をお願いします。奇しくも、何かあれば避難行動をとるように定例会でお願いしておりました。……だから、『なにか』を起こすのが一番早いんです」

座っていた椅子を立ち、蓮珠は手提げ提灯《ちょうちん》を準備する。

「嘉徳殿に妃嬪が集まり次第、城外への避難を開始してください。その際に、許妃様と張婉儀様のお力をお借りしましょう。許家と張家は栄秋に屋敷を持ち、白奉城からも遠くありませんから。一旦、妃嬪を二手に分けて、匿《かくま》ってもらうんです。許妃様に采配をお願いしてください。あの方ならば白奉城から許家のお屋敷まで、栄秋の街中を目立たずに進む道をよくわかっていらっしゃるはずです。蒼妃様と街中を馬で駆け回っていらしたのですから、馬車や轎を通せる道も頭に入っていらっしゃるでしょう」

出すべき指示は出した。あとは、どこまで皇妃たちがあの定例会での話を聞いていたかによるが、そこは皇妃の大姉として、妹たちを信じるよりない。

「蓮珠様も……」

紅玉の手が蓮珠に、共に行くことを促すも、蓮珠は首を振った。

「あの時と同じようにしなければなりません。管理側の太監を場に留めるだけの権力は、皇后なればこそです」

それが身代わりであろうとも、だ。

まだ、内通者が高勢の監視下にあるとして、容易く袁幾の元には行かせないようにしなければならない。袁幾がしびれを切らせて強行突破するとしても、内側から手引きする者がいなければ少しは時間を稼ぐことができる。

この計画は、蓮珠がどれだけ時間稼ぎできるかがすべてだ。なんとしても、後宮内に残る全皇妃、全女官を逃がしきる。袁幾に大陸中央に送り込む者を渡してはならない。

準備を終えて寝室を出るとき、蓮珠は二人を振り返った。

「どうかお二人も、城外に出たら、後宮には戻らないでください。……また会うことがあれば、その時に叱《しか》ってください」

最も信頼し、すべてを任せられる二人だから、龍義側の手から逃げてほしい。

深々と頭を下げた蓮珠に、紅玉が言った。

「次に会う時は、みっちり説教させていただきますから。……約束です」

顔を上げると、紅玉が蓮珠を見つめている。やはり彼女に不安な顔をさせてしまった。

準備の仕上げに蓋頭を被る手を止め、蓮珠は二人に微笑んで見せた。約束の言葉は交わせない。その言葉が、この先の行動の足かせになることは避けたいから。でも、二人には安心して、事に臨んでほしかった。

「では、行ってきます」

蓋頭を被り、蓮珠は玉兎宮を飛び出した。目立たないように手提げ提灯を低い位置に持ち、自分の足元だけ照らして、一人夜の後宮を走った。

蓮珠は皇后の衣装に火の粉がつくことがないよう、玉兎宮女官の衣装を着ている。女官の衣装ではあるが、皇后の筆頭女官の衣装は、皇后の傍らに立ってもみすぼらしく見えないように薄絹を重ねた華やかなものだ。夜の暗がりではそれに皇妃を示す花紋が入っているかどうかを見る者はいないだろう。基本的に動き回ることを前提とした作りの女官衣装は、裙の裾が皇妃のそれより少しだけ短い。おかげで石畳を引きずることなく走れる。

仕掛けるなら少しでも早く。相手が、いまの状況に対応を考える間も与えぬように、とにかく早く。

踏み入れた芳花宮は、廃墟《はいきょ》らしい黒々とした塊があるだけだった。近づけば、それが運び出し途中の廃材を積み上げた山だとわかる。

「……ありがたい」

持っている手提げ提灯の火を一旦松明に移し、それを種火として廃材をまとめるための縄に火をつけた。

火災で邑を失った自分が、火災を起こす側になるなんて思ってもみなかった。

「この短期間に二度の火事を出す後宮とか、責任者の首を飛ばすよりないよね」

本当に自分が火をつけたと知ったら、あの華王からなんと言われるだろうか。

「大罪人の娘が大罪を犯したか、とか言って高笑いしそう」

それでも、本当の意味で最後に笑うのは自分たちだ。蓮珠は、それを確信して徐々に大きくなる火柱を見つめていた。

第七章　荷花灯、天花を散らす

前回の芳花宮火災からそれほど時間が経っていないこともあり、避難誘導・消火活動の分担が迅速に進んだ。妃嬪や女官の指定避難場所である玉花園への避難も始まったようだ。

「水を回せ！　なんとしても延焼を食い止めるんだ」

駆けつけた管理側の太監たちが消火活動を行なう。こんな時は、普段柔和な口調の太監も雄々しくなるようだ。蓮珠もまた前回同様に芳花宮の消火活動指示のため、火災現場に立っていた。必死に消火活動をする太監には、本当に申し訳ないが、蓮珠は、ほかの宮に延焼する可能性が極めて低いことを知っている。

廃材は、前回の華王の訪問時の一件で取り壊され、空き地と化した芳花宮の敷地内でもど真ん中に積み上がっていた。元々、万が一の火災に備えて周囲に燃え移るものがない位置に置かれていたのだ。その場所には燃えるものが集中しているせいで火柱が立ち、黒い煙が芳花宮の上空を漂っているが、実のところ延焼対策は最初からできている。

栄秋は都としては手狭な土地に相国民の十分の一が集中する過密状態の街だ。火災が起きそうにない場所であっても、業者は対策をするように日頃から役人の指導を受けているのだ。

避難は順調だろうか。蓮珠は煙の流れを見ているフリをして、玉花園の方向を見る。事が始まれば、紅玉たちとは別行動の上、連絡の取りようもない。紅玉たちはもちろん、後宮警備隊に皇妃たち、女官たち、その全員が想定通りに動くことを信じて、蓮珠は蓮珠の役割を果たすよりない。

己の役割として火災現場に立つ蓮珠に、今回近づいてきたのは華王でなく、腰痛で動けないはずだったのにしっかりとした足取りの高勢だった。

「速やかな避難でございますな。草木に囲まれた大庭園では延焼の危険性があるということで、妃嬪も女官も後宮警備隊に伴われて無事城外へ出ました」

高勢からの情報に、蓮珠は安堵の息を大きく吐いた。

「あなたのなさることは毎度無茶が過ぎますが、効果は確実ですな」

感心する高勢に、蓮珠は小さく首を振った。

「ここからですよ。……前回も燃え盛ってからが本番でしたから」

再び緊張と警戒をまとう。火柱を見つめ、耳を凝らした。ほどなくして、複数の足音が近づいてくる。

高勢が、喉の奥で笑った。

「確かにここからが本番のようですね。待ち人がいらしたようだ」

彼もまた、近づく一団を蓮珠とともに見据える。

近づいてくるのは、やはり袁幾たちだった。

「皇妃たちは無事か？　火が出てどのくらい経っているんだ、まだ消火できんのか！」

開口一番に、皇妃の無事を尋ねてきたので、睨みつけるのは、やめようと思ったが、続いた言葉で、むしろ眼光がきつくなった。

「龍義様に差し出す皇妃に火傷《やけど》の痕《あと》などつけられては困る。おまえたち、早く消火を手伝わんか！」

「……消火に使える水源は限られています。手を増やしても消火が早くなるわけではありませんので、お引き取りを」

「破壊活動経験しかない方々は引っ込んでいてください。人手は管理側の太監で足りております。まもなく、皇城側からの応援も来るでしょう。他国の方々の手を借りる必要はございません」

蓮珠も高勢も冷静に後宮を出ていくように促した。

「では、我々は、避難の手伝いを……」

袁幾の部下らしき者が言うが、皇后と内宮総監はそろって、手で続く言葉を制した。

「そちらも間に合っています。どんな理由であれ、ここはまだ相国の後宮。許可なく人を連れて入っていい場所ではありません」

蓮珠は近距離で袁幾と向かい合う。袁幾を動けない状況にすることで、避難した妃嬪や女官たちが城から離れる時間を少しでも稼ぐために。

袁幾は、目の前に立った皇后を、あろうことか見下ろしたまま鼻先で笑った。

「お粗末なものだ。後宮の『大姉』が聞いて呆れる。統制がなっていないから、火の不始末なんぞする者が出るのだ」

前回も今回も原因は火の不始末などではないが、『放火された』や『放火した』のほうが、もっと大問題なので反論は控えた。

何も言い返さない皇后が相手では、なじるばかりの袁幾に話を続けることなど不可能で、黙って立っているだけなら、ここに留まる理由もない。

「皇妃たちが無事に避難したなら、それでよい」

結局、彼らにとっての関心事はそこだけらしい。

龍義を玉座に据えて、白奉城をまるごと再利用すると豪語していたわりに、後宮の火事それ自体は興味ないらしい。ここも城の一部だというのに。

「……言っておくが、こんなことで皇妃を送る期限は変えん。焼け焦げの衣装も許さんからな」

袁幾は、この火災を理由に、後宮側が皇妃を差し出す期限の先延ばしを狙っていると考えたらしい。だが、こちらの狙いは延期なんて半端なことではなく、完全中止だ。

ここで、門へと踵を返した袁幾が、なにかに気づき周囲を見渡す。

「……待て、この場所は」

気づかれた、そう思うと同時に袁幾の手が、蓮珠に伸びてきた。

「こんな場所で火事など起こるものか！　この女、謀《はか》ったな！」

首をつかもうと伸ばされた手を、身を引き間一髪で避けた。袁幾の指先が引っかかって蓋頭が石畳の上に落ちる。

「おやめください。ここは、相国後宮にございます。いかなる立場にあろうとも、外の男性が、後宮の女性に触れるなど、もってのほか！」

消火活動にあたっていた太監だろう。騒ぎに駆けつけると、すばやく蓮珠と袁幾の間に入り、袁幾の視線から蓮珠を隠した。

「袁幾殿、そこの太監の言うとおりです。いくらなんでも、一国の皇后に掴《つか》みかかるなど、庇いきれないぞ！」

特使団の観光客組だろうか。後宮に許可なく入った件は、庇いきれる範囲だと思っていたということか。冷静になろうとするほど、くだらないところが気になる。それでも、ここで気を張らねばならない。ここから袁幾の追及が始まるのだから。

「よく周りを見ろ！　ここは、そもそも空き宮の焼け跡で、廃材置き場だった場所だ。こんな場所で火が出るなど何か狙いがあったとしか……。まさか、この女、避難の名目で皇妃を城外に逃がしたのか」

　袁幾が部下を振り返る。

「すぐに人をやれ、皇妃を後宮に連れ戻すのだ！」

　袁幾の怒号に走り出そうとする部下の足を、蓮珠は意識的に重い声で引き留めた。

「待ちなさい！　いかなる権限で、皇妃の実家に押し入ろうと？　袁幾殿、あなたは相国の有能な官吏たちを敵に回したいのですか？　そのままの地位を保証すると言ったのは、偽りであったと申されるか？」

　先ほどの観光客組の男が、袁幾を諫《いさ》める。

「袁幾殿、ここはいったん引くべきだ。この国で官僚を敵に回すのは得策ではない」

　苛立つ袁幾が男を一喝した。

「この女の策に踊らされたあげくに引けとおっしゃるか？　……ようやく龍義様が大陸中央を出られたとの連絡が入ったのだ。近く栄秋に到着されるというのに、書状を無視したばかりか、まともな女の一人もいない城などありえるか！」

　龍義が来る。蓮珠は今夜先手を打てたことに、つい笑みが浮かんだ。

　あまりにも長い時間、玉兎宮の外では蓋頭をしていたから、蓋頭を袁幾に落とされたのに、気持ちが表情に出るのを抑えられなかった。

「なにを……笑っている？」

再び伸びた手が、蓮珠の髪をつかんだ。結い上げていた簪《かんざし》が蓋頭と一緒に落ちて、肩に下りていた髪をひと房、力加減なしに引っ張られる。

あまりの痛みに一瞬息が止まった。

「おやめください！」

すぐに太監が袁幾の手を蓮珠の髪から引き離す。

「無礼が過ぎるのではありませんか？」

「無礼だと？　こんな簒奪者の国の皇后など、お飾りにもならん者に敬意が必要か？」

騒ぎに集まってきた太監たちが袁幾を睨み、蓮珠の前に壁を作る。

「簒奪者はどちらですか？」

「そうです。あなた方が後宮に入ってきた理由こそ、我が国の皇妃を奪うがためではないのか？　違うと主張するなら、速やかに手ぶらで後宮から出ていってもらおうか」

神聖なる仕事の場である後宮に土足で踏み込んできたあげく、簒奪者の国などと言われれば、太監たちが彼らを不快に思うのも当然のことだった。

「火はあらかた消えた、皇妃様方はすでに避難された。……あなた方がここに居ていい理由はひとつも残っていない！」

後宮管理側の太監であっても、皇城の貴人を守ることは第一の職務である。彼らは次々に蓮珠の前に立ち、袁幾だけでなく、ほかの特使団の者からも守る壁になってくれた。雰囲気的には、相国対龍義軍（の一部だが）の構図が出来上がっている。

さすがの袁幾もこれに回り込んで蓮珠を捕えることはできず、しかし、憤りは収まらずで、歯ぎしりしている状態にあった。いつ爆発して、より暴力的な行為に出てもおかしくない。

この状況で睨み合っていた壁の太監の一人が、なぜか袁幾でなく蓮珠のほうを振り向くと、唐突に声を上げた。

「なんだ、皇后様でなく玉兎宮の女官ではないか！」

蓮珠も壁になっているほかの太監も、なぜそれを叫んだのか、正直意図がわからず、呆然と叫んだ太監を注視する。

これにすぐさま反応したのは、袁幾だった。

「皇后の宮の女官だと？　皇后でもない女が偉そうに我々に説教を垂れていたのか？」

袁幾の顔に凶悪な笑みが浮かぶ。

「皇后を偽る女は前に出せ、直接無礼を詫《わ》びてもらおうではないか」

　蓮珠は、ようやく太監が叫んだ意図と袁幾の狙いがわかった。人質だ。相国側の人質を手に入れたい、できれば皇妃が良かったが、皇后の宮の筆頭女官でも悪くはないと考えたのだろう。彼らの感覚で行けば確実に上級官吏か豪商の娘であり、相国側は殺されるわけにはいかない人物のはずだ。

　だが、あいにく蓮珠は戦争孤児で、自身が上級官吏だったことはあっても、確固たる後ろ盾はない。蓮珠が死んだら泣いてくれる人はいるだろうが、国として困ることはないので、袁幾の狙いは大外れである。この場を収めるために袁幾の前に出ようとした蓮珠を、壁になっている太監が留める。

「なぜ、出さない？」

　威圧する袁幾に、高勢が高笑いを響かせた。

「ええ、そうですとも、こちらの方は玉兎宮の筆頭女官にございますよ。……ですが、我々はそれを隠してなどおりませんでしたよ」

　高勢は袁幾を横目に見つつ、蓮珠を招き寄せる。

「よくご覧になることだ。この者の衣装は無紋。皇后様のご衣裳であれば、花紋の牡丹の刺繍が必ず入っているはず。そんなことは、相国の者であれば、ほぼ全員が知っていること。火災の熱を避ける蓋頭を被っていたくらいで、皇后様と勘違いすることなどありませぬ。……先ほどからの一連のやり取りのどこかで、わたくしが一度でもこの方を『皇后様』とお呼びしておりましたかな？」

蓮珠が女官服を着てきたのは、皇后の衣装に火の粉が落ちて穴が空くことがないようにであって、花紋は夜で暗いから誤魔化せるだろうという考えによるものだった。だから、この場合は、皇后と勘違いしてくれた袁幾たちのほうが、蓮珠の期待通りの動きをしてくれたわけなのだが。高勢にかかると、それも策略のうちとなるようだ。

「こちらの方が玉兎宮の筆頭女官だから、わたくしも相応の敬意を払って話をしていたまでのこと。勝手に皇后様だと思われていたのは、あなたの問題だ。謝罪の必要などございますまい。特使団の団長ともあろう方が、ずいぶんとお粗末なことをなさるものですなあ」

皮肉を口にする高勢は、袁幾に対しては、まったく敬意を払っていない。

「ああ、お粗末なことをしたのは、こちらもでしたな。……取り押さえよ」

すぐに動いたのは、高勢の元についている太監だった。だが、取り押さえられた側も、同じく高勢付きの者だった。石畳に押さえつけられ、苦しそうに高勢を見上げている。

「師父……」

高勢が軽く足を上げると、押さえつけられた太監の顔を踏みつけた。

「ふん。なにが『師父』だ、この裏切り者めが。……この者を縛《しば》り上げて、皇城司に突き出しておけ」

騒ぎ出した太監を自身の側近に取り押さえさせる。

「さて、そちら側が無許可で意味もなく後宮に居ることには変わらない。後宮からさっさと出ていただきましょうか」

一人の太監が言えば、呼応するように他の太監も蓮珠を守るように動く。

蓮珠が皇后か否かにこだわらない相国側と異なり、事態に戸惑った袁幾の部下たちは、互いに顔を見合わせていた。わずかに緩んだ力に袁幾は抑え込む部下たちの腕をふり解《ほど》くと、太監数名を素手で薙《な》ぎ払い、蓮珠の腕をつかんだ。

「その顔、簒奪王と街で一緒にいた女だな。ちょうどいい、龍義様に差し出す高大民族の女はお前にしてやる！　郭叡明への意趣返しだ！」

「離してください！」

抗う蓮珠と、この女を捕まえろと部下に命令する袁幾の声が飛び交う中、いつの間にか現れたカイ将軍が蓮珠を確保する。

「カイ将軍！」

「よくやった！　この女、打ち据えて……」

カイ将軍が「おやおや」と暢気な声で返した。

「傷物にすると、上の方から、お叱りを受けますよ」

龍義に差し出す以上は、傷がついていると差し障りがあるようだ。まったくもって、ありがたくない配慮だ。

「そ、そうだった。……大人しくさせておけ」

カイ将軍の言うことには、袁幾も一歩引く。

「はいはい。……では、すぐ終わるから、ちょっとの間、大人しくしていてくれ」

カイ将軍が囁く。すぐ終わるとは何のことだろうか、彼を振り返った蓮珠の視線の先、芳花宮の門から大量の人が入ってくるのが見えた。

ついに龍義軍が到着してしまったのかと思えば、袁幾が呆然としている。観光客組の男にいたっては、袁幾を盾に、真っ青な顔で縮こまっている。

「なぜ、龍貢軍が、ここに……」

その言葉で、蓮珠は、入ってきたのが龍貢側だと知る。

カイ将軍は、慌てふためく袁幾たちと充分に距離をとってから、掴んでいた蓮珠の肩から手を退かした。

「俺が、あんたらのいるところまでご案内したからさ。龍貢様の栄秋ご到着の連絡を受けて、ちょっとばかり別行動させてもらっていたが、後宮侵入とは、ずいぶんと無茶をしたもんだな、袁幾殿？　この騒ぎに参加するのが遅れて、危うくそちらに人質を持たせるところだった。いや～、ギリギリ間に合って、よかったわぁ」

カイ将軍は、人質になり損ねた蓮珠の肩を二度ほど叩く。

「……貴様、龍貢の手先だったのか！」

袁幾の憤りの対象は、蓮珠からカイ将軍に移ったようだ。カイ将軍に飛び掛かろうとして、龍貢軍の者に押さえつけられてもなお、見開き血走った目で、カイ将軍を睨み上げている。

「手先じゃない、な。龍貢様の右腕と自負している。……龍義軍に潜入して数年、どこでどう仕掛けるか見極めるまで多少時間がかかったが、この国が色々無茶をしてくれたおかげで助かった」

龍貢側だったことに悪態をつく袁幾に、カイ将軍は、いたずらが成功した子どものようにニヤリと笑う。

「それに、敵の懐に内通者を置くことは、よくあることじゃないか？」

カイ将軍が、縛り上げられた内通者の太監をチラッと見た。

悔しがる袁幾の顔を見ても、まだ事態を把握できていない蓮珠の耳に、聞きなれたよく通る声が届く。

「蓮珠！」

袁幾を始めとする特使団の面々を囲む龍貢軍の後ろから、翔央が駆け寄ってくる。

ここでのやりとりをどこまでわかっていて、皇后でなく蓮珠の名を呼んだのか。周囲の目も耳も袁幾たちに意識がいっているからだろう、翔央は駆け寄った勢いのまま蓮珠を抱きしめた。

「無事で良かった」

抱きしめられて、蓮珠は膝の力が一気に抜ける。

「……終わったんですね」

そう呟いた時には、もう全身の力が抜け、情けなくも翔央にぐったりした身体を支えてもらうことになった。

第八章　荷花灯、万花を送る

翔央に支えられて金烏宮にたどり着いた蓮珠は、擦り傷や顔についた煤《すす》を紅玉に拭《ぬぐ》ってもらいながら状況を聞いた。

「まず、本気で私が城に戻らないなどありませんから。私は玉兎宮付きでなく、初めからあなたにつけられた女官ですから」

紅玉は、蓮珠にお怒りだ。

「はい、すみません」

「でも、蓮珠様の言いつけは守りました。後宮には戻らず、宮城に戻って、翔央様たちのところに駆け込んだので」

そう胸を反らした紅玉に、蓮珠は再び頭を下げた。

紅玉が皇帝執務室に駆け込んだその時、双子と李洸は到着した龍貢を迎えたところだったという。

「そこからは、急いでいたので紅玉にも説明できていない。僕から説明するよ」

叡明の声で顔を上げる。場所は金烏宮の書斎。双子だけでなく、冬来に李洸、張折、真永、さらにはカイ将軍と壮年の男性がいた。今の蓮珠は威皇后でなく、一介の女官なので紹介されたわけではないが、この男性が龍貢のようだ。

聞いていた話では四十代に入っているはずだが、鼻梁《びりょう》のはっきりした端整な顔立ちは、もう少し若く見える。文官と言われても頷ける柔和な表情を浮かべているが、身につけているのは戦場に出るための鎧であり、立ち姿には翔央、冬来に感じるのと同じ武人の近寄りがたさがある。

「まず、郭広には『左龍を迎えに』行ってもらっていた」

郭広の『左龍を迎えに』の左龍は、威国式の呼称で龍貢のこと。だが、袁幾の目の前では、基本、混乱を避けるために通称ではなく、名前を使っていた。そのため、袁幾が相国内での通称の違いを意識することはなく、主上と郭広のやりとりを聞いていた袁幾は、自分たちの呼び方の『左龍』のほうだと思い込んだ、いや、思い込まされていた。

思えば、袁幾の前では名前で、と翔央が提案した時、叡明は翔央が言うところの『悪い顔』をしていた。その時から、何か利用するつもりがあったのだろう。

特使団に疑われることなく栄秋を送り出された郭広は、主上の命に従い『左龍』龍貢の元へ親書を持って行く。そこには叡明からの策とそのために栄秋へ来てほしいという内容があり、了承した龍貢が栄秋に大軍を率いてきたというわけだ。

「それでも、龍貢様の陣営に向かう人物がいれば、警戒されるのでは？」

「龍義は華国との同盟がある。そのため、華国の不利益につながるから、華国と相国との貿易は見逃されていた。同様に、華国と凌国の取引もね。だから、相国から華国商人の仲介を経て凌国へ向かう物品には色々と仕掛けができる。郭広には、積み荷になってもらって、凌国側に渡ったところで、人間に戻ってもらった。その後に、凌国経由で龍貢殿の居城へ向かってもらった」

それは、国家加担の密入国では。それ以前に、積み荷になり人間に戻るなんて、よく郭広も了承したものだ。郭広を気の毒に思ったところで、さらに気の毒になる話が龍貢から出た。

「いや、それが……私の目の前まで大きな積み荷のままでしたよ。凌国としても、入国していない者を出国させることができなかったのでしょうな。それでも人間に戻られたら、回復は後回しで、相国皇帝からの書状を私に渡してからお倒れになった。これはなかなかの緊急事態とすぐに書状を確認して、早々に居城を出ることになったので、再び積み荷になって凌国へ戻っていただくよりなく。なんの歓待もせず、大変申し訳なかった」

回復しなければ、行軍の同行は無理と判断したのだろう。かといって、決戦のため、龍貢軍のほぼ全軍を率いて出るのに、郭広を居城に残すのは万が一の事がないとも限らないので危険だ。それに、郭広を居城においておくことは、相国的には人質にとられたと同義になるので、今後の関係を考えよろしくないと思ったとのこと。

「いいえ、郭広は首ひとつで返されることも覚悟しておりましたから、積み荷になるくらい問題ではないでしょう」

叡明はそう言うが、郭広が聞いたら、その場に泣き崩れそうな話ではないか。

「それでも、我が国の親書を信じて、即決いただき、遠路をお越しくださったことに感謝します」

龍貢が笑う。

「武人が好む無駄のない親書でした。冒頭の手短な挨拶文のあと、『陣取り合戦は、いつまでの期限でされているのか。すでに勝敗は決まっているのではないか。最後の一手がほしいなら力添えいたしましょう』と書かれていただけですから」

さすが無駄を嫌う叡明。もしくは、翔央や冬来の意見によるものかもしれない。

「さらに、なにをどう力添えしてくれるのかと思えば、別途渡された密書には『近く龍義が西方向へ大軍を動かす。これは、背後を衝く好機である』とあった。……いい策だと思い、乗ることにした。追いつめつつあるとはいえ、いまだ大軍を擁する龍義と正面からぶつかるのは躊躇《ためら》われますが、西に向かう軍勢は確実に背を向ける。この上ない好機だ」

左右龍は、大陸中央を掌握する最終段階に入っていた。だが、元を正せば同じ龍姓の軍団。正面からのぶつかり合いは、結果的に龍姓全体での兵力を削ぐことにつながる。勝敗を決めるときは、できる限り全体兵数を減らさない方向で考えていたのだという。そこに届いたのが、叡明からの献策だった。

狙い通り、袁幾に呼ばれて栄秋へ向かう龍義軍の背後から攻撃を仕掛けたのだ。そのまま栄秋を本拠とするために全軍で移動していた龍義軍は大敗するも、犠牲は最小限。龍貢軍の三分の一が龍義軍の捕虜を伴い帰途へ。残りの半分で龍義軍の残党狩りに、もう半分で栄秋入りしたそうだ。

「大陸中央の者たちは戦争慣れしている。我が国では、全武官を投入したとしても、とうてい勝ち目がない。龍義軍に対抗できる軍事力があるとしたら、それは同じ大陸中央の者になる。『敵の敵は味方』……基本だね」

この大陸の趨勢《すうせい》を決める戦いを絶対的に有利にする献策こそが、叡明が龍貢軍に提示した栄秋やその体制に手を出さないことの交換条件だった。

なお、龍貢が後宮に現れたのは、龍義側の重臣である袁幾とその周辺を捕えるのは、龍貢側にしても重要であるため、双子とともに後宮まで入ってきたという理由だった。こちらは、相国皇帝に同行という形で相国側の許可を取っている。華王や袁幾たちとは、違って、礼儀に適《かな》っている。

「さて、我々と違った形で戦ってくれた女官殿への説明は、ここまでとしよう」

皇后の女官のために時間を割いてくれたのは、蓮珠が袁幾に皇妃を渡さない策を考え、実行したことへの龍貢からの褒美だったらしい。

「では、さきほどの続きを、禅譲の話し合いをしようか」

龍貢が双子を促した。

「禅譲……」

蓮珠は思わず呟いてしまった。郭家の朝の終焉は、左右龍のどちらが相手でも変わらなかったということか。不安そうに翔央を見上げた蓮珠に、翔央が微笑みかける。

「禅譲だ。この国は、正しい手続きで引き継がれる。……去る者の処刑はなく、残る者の地位はそのままだ。なにより、栄秋に傷一つ付けずに済んだ」

大きな手が蓮珠の頬を撫でた。

郭家が玉座を去ること。それが、先の献策とは別に、龍貢自らに栄秋まで来てもらうことの交換条件だったという。

龍義軍に勝っただけでなく、陣取り合戦でも相国を手に入れることで勝利を決した。龍貢は、完全な形で大陸中央統一を成し遂げたのだ。

「陣取り合戦の勝敗を曖昧《あいまい》にしておくと、龍姓以外の自称帝国後継者がまた騒ぎ出す可能性が高い。いつまで経っても大陸中央がごたごたしているのは、大陸全体の不利益だ。四方大国としても、いいかげん大陸中央には落ち着いていただかないと困る時期が来ていたのだから、これは最善手だ」

叡明が翔央の言に補足して、椅子を立つ。

「ええ。先ほどまでと同様ですから、執務室で」

叡明が龍貢を促して、金烏宮を出ていく。その後ろにそれぞれの護衛であるカイ将軍と冬来が続き、さらに翔央、真永、李洸もこの場を後にする。金烏宮に残された蓮珠は両手で顔を覆った。

栄秋は踏み荒らされることなく守られた。官僚たちもこれまでとまったく変わらないということはないだろうが、仕事に追われる日々は変わらず続く。皇妃たちが理不尽に実家から連れ戻されるようなこともないだろう。守りたいと思っていたものを守ることができた。だが、変わらないこの栄秋の日々を、翔央と一緒に眺めて歩く、そんな日常のひと時を守ることはできなかったのだ。そして、おそらく、翔央のいなくなった栄秋の街に、蓮珠は一人取り残される。

栄秋に龍貢軍（の一部で、ほとんどが龍義軍の残党戦で栄秋には入っていない）が入った翌日の朝議、その冒頭に本朝最後の朝議となることが、玉座から知らされた。

無論、最前列の古参官吏たちは、すでに耳に入っているようで、粛々《しゅくしゅく》とその事実を受け止めていた。彼らの中には、太祖に従ってこの地に来た者の末裔もいる。王家、許家、楊家など五大家がそれだ。龍義の代弁者である袁幾は、彼らを簒奪者に加担した者の血筋にあるとして、皇家と等しく、その地位を奪う予定でいたらしい。だが、龍貢は、彼らのことを『貴族の処遇は受けておらず、あくまで官僚である』として、ほかの官僚と等しく、その地位に留めるとした。そこに郭家の口添えがあったのは明らかで、いつもはうるさく意見を口にする楊家の長も、今朝ばかりは静かだった。

最後の朝議であろうと、この国の日常は続く。李洸は変わらぬ調子で地方から中央へと議題を進め、朝堂の上級官僚たちもこれに意見を交わす。ただ、この日は、玉座からの声はなかった。

本日最後の議題が終わった時、ようやく玉座からの声が朝堂に響いた。

「玉座に誰が座ろうと、空席になろうと、この国は変わらず動いていく。それが大陸史上例を見ない徹底した官僚主義を掲げる相国であり、太祖が目指した国だ。民が為政者の気分で生死を決められることのない、できる限り公平なたくさんの決まりごとを積み重ね、民を守る強固な壁を築いた国だ。郭家の朝《ちょう》が終わっても相国は終わらない。……どうか、後を頼む」

それが玉座から朝堂の官吏たちに掛けられた、最後の言葉だった。

本朝最後の朝議が行なわれたこの日、蓮珠は宮城から護送されていく袁幾を見送りに、宮城側に出てきた。後宮女官でなく久しぶりに官僚の衣服に袖を通して、張折の隣に並んでいる。

「まあ、たいして時間が経ったわけでもないし、違和感ないのは当たり前か」

久しぶりに官服に袖を通した蓮珠は懐かしさを感じたが、元上司は特に何も感じていないようだった。

「顔を合わせるわけにはいきませんが、行部の皆さんは今日どうなされていますか？」

「来ないように言ってきた。……こっちは思惑あってのこととは言え、宮城内を案内していたのは、あいつらだからな。その相手が護送用の檻《おり》の中に入れられて運ばれていくのを見るのは気分いいものじゃないだろう。……お前だって、あの男の顔なんて、本当は見たくもないんじゃないか？」

張折は、こういうところで部下を気遣う上司だった。めったに席に居てくれなくて、決裁待ち書類は溜まるばかりで、本当に苦労させられたが、やはりいい上司だったと思う。

「そうですね。気分がいいとは思いません。でも、官服であの男の前に立っておきたかったんです。……この国の官僚は変わらない。だから、あの人がしたことは決してなかったことにできないのだと、わたしが覚えているのだと、知ってもらうために」

記録上、袁幾のしたことも、その発言もほとんど残らない。龍義側は交渉に来たわけではなかったから、外交文書の記録対象外だ。おそらく、遠い先の歴史書では、袁幾たちが栄秋を訪れたことさえなかったことになる。

でも、記憶は残る。朝堂に集っていた上級官吏たちの中にも、後宮に居た太監たちの中にも。生まれ育った国を奪おうとした者、大切な人たちと住むこの街を傷つけようとした者、その行為、その発言。それらは、これから先も消えない傷のまま残る。いずれ時間がかさぶたをしたとしても、その下には、いつまでも血を滲ませた傷が在り続けるのだ。蓮珠の中で、夏が来るたびに燃え落ちる白渓の姿が思い出されるように。

蓮珠の見つめる先、宮城の石畳を、木組みの檻を荷台にした馬車が近づいてくる。強い視線に気づいたのか、俯いていた袁幾が顔を上げると蓮珠のほうを見た。

「お前は……？」

官服を着ていることで、蓮珠であるか確信が持てないようだ。幾度も話してはいるが、皇后衣装に蓋頭だったり、暗がりで女官服だったりと顔をきっちり覚えるには至っていなかったようだ。ならば、と蓮珠は目の前を過ぎていく馬車にだけ聞こえる程度の声量で声をかけた。

「お見送りに参りましたよ、袁幾殿」

「官吏だったのか！　張折、この女も貴様の差し金か？」

どうやら袁幾は蓮珠に見送られたくなかったようで、蓮珠を射殺さんばかりに睨むと恨み言を叫び散らした。並んで立っていたせいで、張折にまで飛び火する。

「いやぁ、陶蓮は、大人しく誰かの差し金になんてなっちゃくれないって」

途端、袁幾のわめきが止まった。

「……陶蓮、この女があの……陶蓮だと？」

どうやら、例の『わずかな期間でも皇帝の寵愛を受けた女官』の名を耳にしていたらしい。ただ、蓮珠は蓮珠として名乗っていないので、結びついていなかったようだ。

「ありえない、この女が、あの……。そうと知っていれば、初めからこの女ひとり攫《さら》えば済んだものを！」

続く言葉は、先ほどの恨み言とは別方向の恨み言だった。

それは、遠く馬車が見えなくなるまで続いた。

「ずいぶん恨まれたものだ」

後ろからの声の主は、龍貢だった。

張折も蓮珠も、慌てて跪礼した。周囲の官吏たちもそれに倣《なら》おうとしたところで、龍貢本人が止めた。

「立ちなさい。大陸中央は、立ったり座ったりが命取りになるので、跪礼しなくなって久しい」

すごい理由だ。上の方から立つことを許可されるとか、そういう話ではなかった。

なるほど。だから、特使団も虎継殿で立ったままだったのか。彼らが跪礼しようとしないことを相国側は無礼と断じたが、あれはあれで彼らにとっては当たり前だったということか。ただ、跪礼を知らなかったわけではなさそうだったから、袁幾が『大陸中央の常識で押し通す』と言っていたのかもしれない。それで、袁幾としては栄秋の大歓迎で出鼻をくじかれた、相国の怒りによる特使団処刑を誘発したかった可能性もある。今となっては、その狙いを知りようもないが。

立ち上がって、改めて龍貢と向き合うと、その傍らには、ずっとそうであったかのように、ごく自然とカイ将軍が立っていた。

「本来の居場所って感じがしますね」

さすが本人が、手先ではなく、右腕を自負しているだけのことはある。

「え〜？　おっさんの近くに居るのがお似合いとか、ちっとも嬉しくないんだが」

そういう受け取り方になるのか。不満げに口先を尖らせたカイ将軍だったが、急に真面目な顔を作る。

「あんたはあんたで、官吏姿が、やけに似合っている」

「……ええ。これが本来のわたしなので」

蓮珠は微笑む。

龍貢が楽しそうに『やはり相の官吏は面白い』と呟く。面白いってなんだろうか。今度は、張折どころか相国官吏全体になにか間違った認識が飛び火しそうだ。

「えっと、龍貢様……？」

「おお、そうだった。そなたが袁幾をうまく引きつけたおかげで、事を速やかに進めることができた。直接礼を言いたくて、声をかけさせてもらった。助かった」

お褒めの言葉までいただくことになるとは、思っていなかった。これには、蓮珠も苦笑いするよりない。

「意図したことではありません。なんとしてでも守りたかったものがあっただけです」

それだけで、龍貢はなにかを察してくれたようだ。

「今後の統治では、多少体制の調整も必要となるだろうが、栄秋も郭家の者たちにも傷をつけることはないと約束しよう」

蓮珠は、あえて跪礼することで、顔を隠した。蓋頭に慣らされて、顔に出る気持ちを隠せなくなったことを、袁幾との件で思い知ったからだ。

　翔央は、『正式な禅譲』だと言った。この交渉は凌太子を証人として成立し、郭家と龍貢が交わした約束は守られる。それに叡明も言っていたではないか、これが最善手なのだと。それでも、喜べるわけではない。

　郭家の人々は、凌国の王太子妃となる翠玉に従い、凌国に向かい、そこで亡命生活をすることになっていた。あくまでも翠玉を相国長公主として送り出すため、国の引継ぎは凌国で婚儀が成立してから、という体裁も決まっていて、世間的な正統性を通す筋書きは、郭家が翠玉の婚姻に伴い凌国入り、そこで龍貢とつながりある凌国の仲介にして、龍貢に郭家が治めていた相国領土を返上するというものだ。

　禅譲であり攻め入ったわけではないから、国の官吏たちは被支配国の官吏として処刑されることもなくそのままの職務を継続することで話がついている。

　龍貢は、最初から大陸指折りの貿易都市である栄秋に価値を見出していた。それが無傷で手に入り、これからも金を生み出してくれるほうがいいので、円滑な運営のためにも行政機構を壊す気はないのだ。

　胸の中でたくさんの理屈を積み重ね、想いに蓋をした。いつまでも跪礼しているわけにはいかない、蓮珠はなんとか声を絞り出した。

「お言葉を賜り、光栄に存じます。……この国を、どうかよろしくお願いします」

それを見届けることは、蓮珠の心情としてはつらいことだけれども。


宮城から玉兎宮に戻った蓮珠は、後宮の後処理のために皇后の衣装に着替えると、後宮管理側との会談に向かった。

こちらも本朝最後の後宮責任者会談となっている。

主上は、禅譲を前に後宮を正式に解体すると決めた。そうすることで、妃嬪は誰一人、避難先や帰省先から後宮に連れ戻されることはないし、新たな為政者に降ることも避けられるからだ。

本日の話し合いは、緊急避難で荷物を持たずに後宮を出た皇妃や女官に、私物を届けるための手配が中心だ。帰省の振り分けで女官たちが帰省先も調べていたことが幸いし、皇妃も女官ももれなく私物を届けることができる。

また、主上からの賜り物ではあるが、皇妃の衣装も各人の元に届けることになっている。本来、皇妃でなくなれば、花紋の入った衣装を身に着けることは許されないので、後宮を辞する際には、妃嬪の衣装を返却することになっているのだが、叡明曰く『王朝がなくなれば、その決まりもなくなるわけだから、記念に持っていってもらえばいい』とのこと。

なお、繊細な絹織物が傷まないように運ぶのは、西界を中心に相国全土で運送業を展開している何遼《かりょう》にお願いすることになった。物が物だけに、信頼できる業者にお願いしたかったので、彼の弟で行部所属の官吏、何禅を経由して交渉し、無事受けてもらえた。

「届け先の確認は、以上ですね」

蓮珠は、紙の束をまとめると控えていた紅玉に手渡した。後宮最後の大仕事が書類仕事だったことに、役人の呪いでもかかっているのではないかと蓮珠は疑いたくなる。

高勢が会談の終わりに尋ねてきた。

「ご出立は、いつに？」

後宮解体となった以上、威皇后も離婚した扱いになる。ほかの妃嬪と同じく実家に帰されることとなり、威皇后は威国へ戻ることになった。

蓮珠はこれを聞いた時、威国に戻れば役を果たせなかったとみなされて処刑されるという冬来の言葉があったので、ひどく心配した。だが、冬来によると、龍貢から威国首長への親書を携えて戻ることで、大物釣りあげて帰ってきたことになるから大丈夫だろうとの言葉を受けて、安堵した。

おかげで、高勢の問いかけにも、重くならずに応じられる。

「凌国へ向かわれる皇家の方々と同時なので、明後日の早朝に」

「そうでしたか。……では、以降の道中、皇后様の身の回りのお世話をいたします太監を一人、お連れください」

高勢が軽く手を上げると、高勢の後ろに控えていた太監が一人、後方へと下がる。

「いえ、それは……」

おそらく、翔央が言っていた玉兎宮に入れるつもりだったが、探りのために管理側に入れた者だ。皇后の側仕えになるという話自体、いまも有効なのだろうか。蓮珠には判断しかねるところだった。

「主上より、『玉兎宮の太監になるまでの間』というお話で、お預かりしていた者ですので、お連れいただかねば困ります」

高勢としては、管理側の太監として置いていかれても困るようだ。蓋頭の下で蓮珠が悩みに眉を寄せていると、太監にしては、ひょろっと背の高い者が連れられてきた。

「魏嗣《ぎし》と申す者にございます。側仕えの基本は一通り教えておきましたので……」

「…………はい？」

つい、蓮珠のままの声が出た。いや、これは抑えようがない。ひょろっとした体格に、特徴的な三白眼。どこからどう見ても、行部で蓮珠の副官についていた魏嗣だった。

「皇后様にお仕えできますこと、心より嬉しく存じます。この魏嗣、誠心誠意お仕えいたしますので、どうか側仕えとしてお許しください」

魏嗣が蓮珠の前に跪礼する。このハキハキとしていて、けっこう押しの強い口調、間違いなく魏嗣だ。いや、繰り返し確認するまでもなく魏嗣本人なのだが、しれっと初対面の挨拶をする魏嗣を自分が知っている魏嗣であると認めていいのかわからない。それに加えて、目の前の魏嗣が魏嗣だとして、いったい、いつから翔央の手の者だったのだろうか。蓮珠が行部を去ったのと同じころに、魏嗣もまた部署を去ったのは、そもそも普通の官吏ではなかったということなのだろうか。

考えることが多すぎて、蓮珠は一旦放棄した。

「道中、よろしくお願いします」

最終判断は、冬来がしてくれるはずだ。

「では、さっそく皇后様の御輿の準備を」

勢いよく魏嗣が部屋を辞していく。

「側仕えの基本は一通り大丈夫……なんですよね？」

皇妃付きの太監は、皇妃に従い歩く時に違和感のない優雅さが必要だ。秋徳は翔央の側仕えになることだけを目指していたので、そちらの方面は教えられなかったのかもしれない。そして、高勢を師父に過ごした時間はあまりに短かった。

「教えられることは教えました。覚えは悪くありません。……あとは、本人次第です」

そこが本人次第にならないように指導するのが師父だと思っていたが、どうやら違うようだ。高勢は宮付きから管理側になって長い、管理側の太監を育てる感覚が優先したのかもしれない。

「後宮を出ますし、優雅さは二の次でも問題ないような気もしますので、大丈夫といたしましょう」

蓮珠が諦めとともに椅子を立つと、高勢がごく小さな声で笑う。

「あなたの無茶を見られなくなると、一気に老け込みそうですな」

すでに深い皺の刻まれた顔に、笑みでさらなる皺を増やした顔で言われると、これ以上老け込むとどうなるのか見てみたい気もする。

「胃腸や心臓に悪い存在がいなくなって、むしろ若返ると思いますよ」

蓮珠もごく小さな声で高勢に応じた。けっしていい出会いではなかったが、幾度か助けられたし、幾度も協力して後宮の問題を乗り越えた相手だ。内宮総監という権力に見合う有能な人物だと思っている。これから先、残された管理側の太監たちは、大陸中央からくる貴人の身の回りの世話をすることになる。貴人と言っても、戦争の時代をようやく終えることになった武官の大集団での貴人だ。様々な違いによって生じる初期の混乱を乗り切るためにも、高勢には長生きしてほしいと、蓮珠は心の底から思っている。

高勢は椅子に座ったまま、蓮珠を見上げると皺に埋まった目をさらに細くした。

「……今だから申しますが、真実、あなたを皇后として敬っておりましたよ。いつか、お戻りになる日まで、お任せいただければ幸いです」

高勢は『皇后として』と言いながら、明らかに陶蓮珠への言葉を口にしていた。一介の官吏が自分の本分と自覚する蓮珠に、これに返せる言葉はない。

「お元気で」

皇后としては優雅さに欠けるその別れの言葉を返すに留めた。

終章

後宮最後の会談から二日後の朝、蓮珠は紅玉の手を借りて、皇后の正装をまとう。

身代わりの皇后である蓮珠は、威皇后として相国を送り出されたのち、威国に入ったときに本物である冬来と入れ替わることになっている。そこからは、威皇后の侍女として、元都《げんと》まで付き従う。皇后にまでなった人を都に送り届けて、従者がすぐ帰国するのは失礼な話なので、しばらくは元都で過ごし、折を見て栄秋に戻るという話にはなっている。

ここには、一区切りついたので、心配してくれた威公主に会いに行こうという蓮珠の想いもある。

「本当に自分の足で威国に会いに行くことになった」

威公主との約束を思い出す。威国で官僚に……は、たぶん半分以上本気だったと思われる。なにせ、華国の元公主が亡命後に正式な庭師として雇われている国だ。相国とは異なり、貴人の無茶が通りやすいお国柄なのだろう。

とはいえ、蓮珠が栄秋に戻ってきてどうなるのかは未定だ。蓮珠がどうするかでなく、周囲が蓮珠をどうするか、である。身代わり皇后という機密情報の塊が、今後どう扱われるかは、蓮珠にも見えない。

「それでは、栄秋港までご同行させていただきます」

玉兎宮の表には、栄秋港までの護衛として許家の一隊が控えていた。

凌国へ向かう皇家の人々とは栄秋港まで一緒に向かい、そこからは、白龍河を南下する船と北上する船とに分かれることになっている。

威国へ向かうのは、威皇后としての蓮珠、その護衛に冬来、側仕えの太監として魏嗣、侍女に紅玉と玉香の合計五人。送り出す側からは護衛が少なすぎるとの話も出たが、国を去る身なので最低限とさせてもらった。

蓮珠としては、玉香を威国行きに巻き込んだことも心苦しく思っていた。だが、范家の長である范言からは、行商人では入れない元都の宮城に范家の者が入れるなら、我が家にとって損失ではないのでお気になさらずと言われた。今後は大陸中央にも行商人が行けるようになるわけで、范家の情報網拡大計画の一翼となるべく玉香も気合が入っているそうだから、ありがたくついてきてもらうことにした。

「皇后様、お手を」

馬車に乗るための踏み台に足をかけたところで、許家の一隊の一人が蓮珠に手を貸してくれた。手を取り礼を言おうとしたところで、その見覚えある顔に、蓮珠は危うく叫びそうになった。

「……………許妃様？」

色々飲み込んでから、ようやく尋ねると、相手はその身にまとう簡易鎧を見せるような立ち姿勢で微笑む。

「妃位は返上いたしました。ただの許藍華《きょらんか》にございます」

そう言ってから少しだけ視線を斜め後方にずらした。視線の先には、張婉儀が叔父の張折を伴い立っており、さらにその隣には楊昭儀が。いや、二人もまた、許藍華と同じく皇妃位にない。この三人は、実家が栄秋にある皇妃だった。すでに大姉ではなくなった通称『威皇后』を見送りに来てくれたのだ。

「避難時に一旦我々の家に来てもらった皇妃たちも無事実家に戻っていきました。すでにその資格はありませんが、すべての皇妃と女官を代表して皇后様に御礼申し上げます。誰一人、あちら側に囚われることなく終わることができました。感謝とともに、これからのご多幸をお祈りしております」

高勢と言い、許妃と言い、一介の女官には過分なお言葉をくださる。蓮珠のほうこそ、後宮の皇妃や女官を色々と巻き込んだ。恨まれてもおかしくないくらいの無理難題を一緒に乗り越えてくれた。

「こちらこそ、後宮の皆様には、かなりの無茶にお付き合いいただきました、とても感謝しております。どうかあの後宮で過ごしたすべての方々に西王母様のご加護がございますことを」

蓮珠は蓋頭の下で微笑んでいた。それが見えるわけではないが伝わったのだろう、許藍華も改めて微笑んでくれた。

「お元気で。……できれば、元都で蒼妃に会った時に、心配ないと伝えてください」

「はい、承りました」

心地よい名残惜しさとともに馬車に乗り込むと、そこには先客がいる。

「……主上」

こちらも皇帝の正装に身を包んだ翔央が、すでに馬車に乗っていた。

「また、仕事を増やしたようだな、我が妃よ」

手を差し出した翔央に促され、隣に座る。

「もう皇后位にはございませんよ。……許氏様の伝言ですか？　あちらに着くときは、ただの陶蓮珠です。蒼妃様にご挨拶に伺える口実を作ってくださったんですよ」

清明節での一件を通じ、許妃は『どうやら武人ではない威皇后』を多方面に支えてくれていた。妃位にある彼女が皇后への信頼を示し、率先して動いてくれることで、他の皇妃も無茶に巻き込まれてくれたのだから。

「それでいくと、俺ももう主上じゃない」

「皇家の方々は、禅譲の仕上げがあるのですから、まだいましばらくは『主上』でございますよ。なにより、行政機関において引き継ぎ作業はとても大事な作業です、気を抜いてはいけません」

翔央が、叡明並みにボソッとした声で『役人体質め』と呟く。それから大きなため息をつくと、少しだけ身体を傾け蓮珠にもたれかかった。

「……できれば、郭華に戻って、護衛の一人として元都に同行したかった」

蓮珠だって、威国行きに翔央が同行してくれたら心強い。だが、こればかりは、お互いの気持ちだけではどうにもならないことだから、宥めるよりない。

「貴方がご一緒に凌国へ向かわれるから、冬来殿が叡明様と一時期離れることを了承されたんですよ」

後宮解体により威皇后は故国に戻りました……というのが、体面上どうしても必要だった。皇妃のほとんどは帰省で後宮を離れ、そのまま皇妃位を返上している。国民に見える形で、皇妃たちは大陸中央からの使者に連れ去られたのではなく、後宮解体によって実家に戻ったのだ、というのを示さなければならないからだ。

そこは、冬来ももちろん理解していたが、叡明が凌国へ向かうのに、自身は護衛任務を離れ、威国に向かわねばならないことには納得していなかった。

一方で、叡明には本物の相国皇帝としての責務がある。凌国にてすみやかに禅譲を行ない、正式に王朝を閉じなくてはならない。これは、早ければ早いほどいい。この禅譲の成立によって、龍貢は龍義との陣取り合戦に勝利し大陸中央を統一したと公に宣言できるようになるからだ。

威国内に入れば、蓮珠に身代わりは務まらない。威皇后は威国屈指の武人。まともに長剣を振れない蓮珠では、誤魔化しが効くわけがないからだ。

後宮解体の象徴として、威国へ向かわなければならない冬来と、相国の終わりを確定させるために凌国に向かわねばならない叡明は、どうしても一時的に離れる必要があった。だから、冬来は自身の代わりとして翔央に叡明の警護を託した。託された翔央も、国内移動時の皇帝を見送る目があるし、蓮珠同様皇帝の身代わり仕事が残っている状態だ。

「いや、そこは真永殿がいるし」

栄秋港で船に乗ってしまえば、皇帝の身代わりは不要だろうと食い下がる翔央に、蓮珠は首を横に振る。

「あいにく、真永さんは、翠玉を押さえるので精いっぱいです。……わたしの威国行きを納得させるの、すごく大変だったんですよ。これで、翔央様が威国同行なんて話になったら、自分もって言うに決まっているじゃないですか。それでは、王太子妃の婚儀に、肝心の妃がいないなんてことになってしまいます。それは勘弁してください」

翠玉は、最後の最後まで蓮珠の威国行きに反対した。蓮珠が相国を出るなら、その行き先は自分と一緒に凌国だろうと。

翠玉としては、後宮が解体されたから女官職を失うことが決定していて、かといって官吏に戻れるわけでもなく、栄秋で一人路頭に迷うことになるだろう蓮珠が、もう本当にどうしようもなく心配でしょうがないのだ。その気持ちはわかるし、とてもありがたいことだと思っている。

だが、皇室の凌国行きは、表向き白瑶長公主の婚姻儀礼参列のためで、禅譲は裏側で進行することになっているのだ。花嫁抜きでは、どの計画も滞ってしまう。それに、蓮珠は、元姉として、翠玉には、恙《つつが》なく婚姻儀礼を迎えてほしいと願っている。具体的には、西王母像が倒れてくることなく終わる、そんな平和な婚姻儀礼であれと祈っている。

「だいたい、冬来殿と郭華殿が護衛につくとか……、なんか贅沢過ぎて逆に襲撃を受けそうな気がしますので、ご遠慮させてください。元都に到着するまでは厄介ごととは無縁でいたいんですから」

ただならぬ武人二人の気配に、力試しがしたくなった的な襲撃者が出てこられては困るので、全力で遠慮したい。

さすがに諦めたのか、翔央が無言のまま、さらに身体を傾けると、蓮珠の肩に頭を乗せた。馬車は、皇帝と皇后、白鷺宮、雲鶴宮と三台用意されており、その後ろに凌国への贈り物を入れた荷馬車が続くことになっていた。そのすべての準備が整うまで、もう少しだけ、二人きりの空間に居られる。白奉城を出てからは、道の両側を埋めている栄秋の街の人々の見送りの声に応えて、所々で馬車から降りて手を振ることになっている。栄秋港に着けば船を分かれる。身代わり皇帝夫妻を終える時は、もう目の前だ。

蓮珠は、翔央の頭を乗せた左肩を誤解されないように少しだけ動かし、翔央の指先に、自分の指先を絡めた。蓮珠の意図を酌んだ翔央が体勢を変えて、蓮珠の左手をぎゅっと握りこむ。

「……凌国に着いたら、翠玉の婚姻に威からの国賓として蒼太子が来ているはずだ。彼の帰国時に一緒に威国の王都に向かう。……だから、すぐにまた会える」

左肩で翔央の低い声がやわらかに響く。

翔央は、自分を置いていくわけではないのだ。蓮珠も翔央の手を握り返した。ただ少しの間、離れるだけ。すぐにまた会える。

「はい。……元都で大人しくお待ちしています」

自分の処遇がどうなるかわからない。それでも、翔央が一緒に居てくれるなら。不安も怖さも霧散する。

「次に会う時は、お互いに身代わりから解放されて、ただの郭翔央と陶蓮珠だ」

甘い約束が、蓮珠を包み込む。しばしの別れを前に、いまだけでもお互いが隣に居るのだと感じていたくて、寄り添い目を閉じた。

突如、戸を叩く音がした。いよいよ出発かと姿勢を正した二人に、戸の向こうから李洸の切迫した声が響く。

「主上！　大至急、執務室にお戻りを！」

すぐに翔央が腰を上げ、戸を開いた。

「どうした？」

蒼白の李洸が、早口で告げた。

「龍義本隊・華国連合軍と交戦中の龍貢軍から伝令です。あちら側は、郭家の者たちを奪い取り、龍義側が禅譲されたことにしようと、龍義本隊・華国連合軍から一隊を栄秋に向かわせたようだ、と」

「まさか……栄秋に攻め込む気か？」

翔央の呟きに、蓮珠も思わず馬車の中で立ち上がった。